KB061420

오리 이름 정하기 —— 이랑 이야기책

Damm hört sich gut an. Ich mag den Klang. *Damm*.

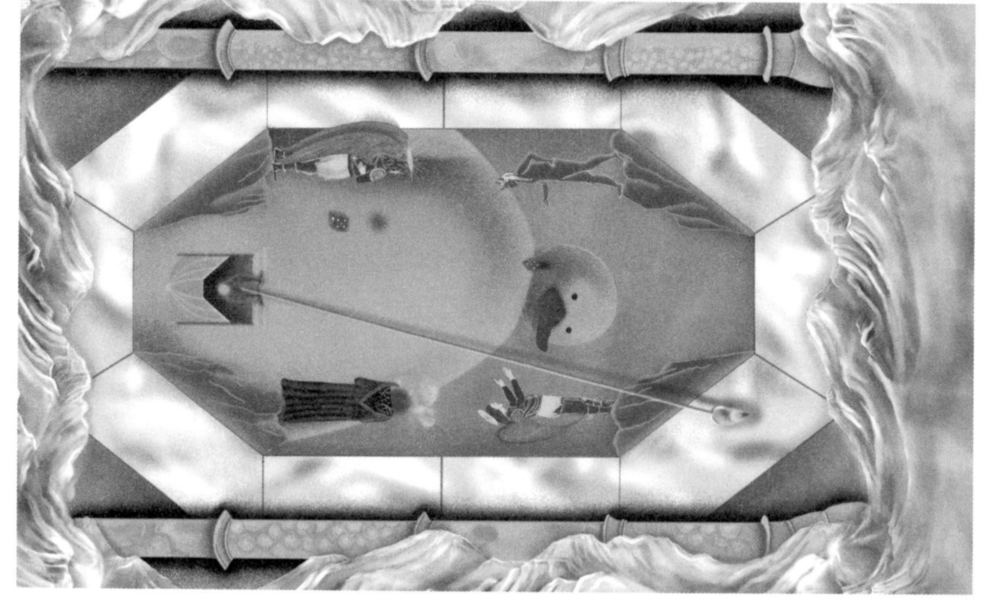

Yeah. I think *duck* would be good for this creature.

위즈덤하우스

겪은 뒤 인생을 바꿀 결심으로 한국에 온 지 4년째다. 언제 죽을지 모르니 평소 존경하던 한국의 판화 작가에게 평생소원인 판화를 배워보기로 한 것이다. 그러다 한국인 애인을 사귀면서, 지금은 여자의 집에서 함께 살며 판화 작업도 하고 고양이도 함께 키우고 있다.

여자 일어나봐. 빨리! 긴급 상황이야, 긴급!

남자 김급? 김급이 뭐지?

여자 긴급! 이머전시! 119! 큰일 났다고!

남자 아아, 긴큐.

여자가 긴급이라고 몇 번이나 말을 해도 남자는 상황이 와닿지 않는 모양이다. 여자는 남자에게 핸드폰 문자메시지를 보여주며 소리 내어 읽어준다.

여자 자, 이거 봐. 아침에 정부에서 온 긴급 재난 문자야. '행정안전부. 3월 5일 현재 식인 바이러스주의보 발령. 서울 전 지역 야외 활동 자제, 충분한 식량 확보, 증상자 접촉 절대 주의 바랍니다.'

남자 천천히…… 무슨 말인지 하나도 몰라.

여자는 답답하다는 듯 남자의 손을 잡고 일으켜 창문 쪽으로 데려간다. 남자는 창밖을 내다보다가 잘 안 보이는지 서랍장 위에 놓여 있던 안경을 집어 쓴다.

남자 에에? 저거 뭐예요?

여자 그렇지? 뭔지 모르겠지! 근데 지금 사람들이 다 저렇게 됐나 봐!

남자 네? 어떻게 하면 저렇게 돼?

여자 몰라, 무슨 바이러스인가 봐. 트위터 보니까 사람들이 절대 밖에 나가지 말래. 절대, 절대, 절대!

남자는 믿을 수 없다는 표정으로 창문 밖을 보고 있다가 갑자기 히익 놀라며 덧창을 쾅 닫는다.

여자 왜? 왜 그래!

남자 나를 봤어요!

여자 뭐라고? 눈 마주쳤어? 그래서?

남자 몰라요. 그런데 저게 나를 봤어요.

여자는 덧창을 조금 열어서 확인해보려고 하지만 남자가 극구 말린다.

남자 안 돼요, 하지 마요. 무서워.

여자 아주 조금만 열어서 볼게. 자기는 저기 숨어 있어. 여긴 2층이라서 창문으로 올라올 수도 없을 거야.

여자가 덧창을 살살 밀어 손가락 한 마디 정도 열어본다. 몸을 숙이고 빼꼼히 틈 사이에 눈을 갖다 댄 여자가 화들짝 놀라 창문에서 떨어져 나온다.

여자 아직도 보고 있어! 왜지? 왜 보고 있는 거지? 어떡하지?

남자 미안해요.

여자 뭐가 미안해?

남자는 말없이 여자를 꽉 껴안는다.

2. 부엌 겸 거실. 실내. 아침

남자가 만든 파스타를 아침으로 먹는 두 사람. 얼굴에는 긴장한 기색이 역력하나 입으로는 파스타가 쑥쑥 잘도 들어간다. 남자는 여자보다 빨리 식사를 마치고 자리에서 일어나 그릇을 치우더니, 부엌 여기저기를 오가며 분주하게 냉장고와 찬장을 열어본다. 파스타를 입에 넣고 우물거리던 여자가 의아한 표정으로 쳐다본다.

여자 왜 그래? 아직도 배고파?

남자 아니, 집에 먹을 거 얼마나 있나 하고요.

여자 아, 이제 밖에 못 나가니까? 똑똑하다.

남자 그런데 별로 없어요, 먹을 거.

남자는 식탁 한쪽에 먹을 수 있는 것들을 차곡차곡 모아두기 시작한다. 여자는 식사를 이어가며 눈으로만 식량의 재고를 파악한다.

남자 파스타 면은 많이 있는데 소스는 별로 없고, 시리얼은 두 봉지 있어요. 우유랑 버섯이랑 콩나물, 그리고 시

김치 있어요. 또 즉석 밥 여섯 개, 참치 세 개, 두유는 많아요. 맛이 없어서 안 먹고 있는 거.

여자 냉동실에는 뭐 있어?

남자 베이컨하고 뿌리는 치즈 있어요. 그리고 그거 뭐지? 빨간색 콩. 앙코 만드는 거.

여자 팥?

남자 네, 팥은 많이 있어요. 그리고 컵푸 라멘 몇 개 있고, 짜파게티 한 개랑 과자 있어요.

여자가 식사를 마치고 그릇을 설거지통에 넣은 뒤 물을 틀어 그릇에 붙은 음식물을 살짝 흘려보낸다. 수도꼭지와 가스레인지를 번갈아 보던 여자가 걱정이 되는 듯 뒤를 돌아보며 말한다.

여자 가스랑 물은 계속 나오는 걸까?

남자 만약에 안 나온다면?

여자 일단 물을 많이 받아놔야겠다. 물은 생명이니까. 아! 우리 고양이 사료는 얼마나 있지?

남자 새거로 두 봉지 있어요.

여자 그거면 한 달 반에서 두 달은 먹을 수 있겠네. 그건 다행이다.

남자 그럼 내가 뭐 할까요?

여자 일단 집에 있는 통에다가 물을 많이 만들어놓자.

남자가 찬장에서 커다란 냄비와 김치 통을 꺼내고, 여자는 방에 있던 유리 화분을 끌고 나온다. 그러곤 화분 안에 들어 있던 잎사귀가 커다란 식물을 쑥 뽑아 쓰레기통에 버리려다가 손에 쥔 식물을 보고 뭔가 생각난 듯 남자에게 묻는다.

여자 이런 것도 나중에 먹어야 하나?

남자 음…… 아주 배가 고프게 되면?

여자는 쓰레기통에 넣으려던 식물을 비닐봉지에 담아 냉동실에 넣는다. 그 모습을 보고 남자가 킥킥 웃는다.

여자 왜 웃어?

남자 재미있어서. 아, 미안해요. 지금 재미있는 거 아닌데.

여자 재밌을 수도 있지. 원래 모든 코미디는 비극에서 시작되는 거니까.

남자 비극? 비극이 뭐지?

여자 새드 스토리! 슬픈 이야기!

남자 아아, 히게끼.

거실에 물로 채워진 갖가지 통들이 번잡하게 놓인다. 남자는 재난 방재 시스템이 잘 숙지된 일본인답게 이 방 저 방 돌아다니며 필요한 물품을 파악한다. 여자는 식탁에 앉아 아까부터 계속 핸드폰을 들여다보고 있다.

여자 우리 물 받아두길 잘한 거 같아. 아, 혹시 모르니까 핸드폰이랑 노트북도 다 충전해두래. 그리고 샤워도 미리 하래. 갑자기 뜨거운 물 안 나올 수도 있다고.

남자가 방에서 얼굴을 쑥 내민다.

남자 그럼 같이 샤워할까요?

남자는 무언가 기대하는 표정이다. 여자가 그 표정을 보고 깔깔 웃는다.

3. 욕실. 실내. 낮

어쩌면 마지막일지도 모르는 온수로 샤워를 하는 두 사람. 물도 뜨겁지만 둘의 분위기가 더 뜨겁다. 평소에 안 씻는 부분까지 서로 거품을 묻혀 씻겨주고, 하는 김에 여기저기 면도도 해준다.

남자 팔 들어봐요. 여기도 면도해줄게요.

여자 (팔을 올리고 있다가) 히힛, 간지러워.

남자는 간지럽다며 웃는 여자를 끌어안는다. 뜨거운 물이 두 사람의 몸을 타고 흘러내리며 거품을 밀어낸다. 둘은 샤워기 밑에서 서로를 만지며 키스를 나눈다.

4. 침실. 실내. 낮

욕실에서의 뜨거운 기운을 침대까지 가져와 사랑을 나눈 두 사람. 남자는 바닥에서 아직 마르지 않은 머리를 수건으로 털고 있고, 여자는 침대에 반쯤 누워 노트북으로 뉴스를 보고 있다.

여자 이게 퍼지는 속도가 엄청 빠른가 봐. 벌써 대전까지 내려갔대. 사람들이 차로 피난 내려가다가 길이 막혀서 서로서로 물고 물리고 엉망진창이 됐대.

남자 다들 살고 싶은가 봐.

여자 어머, 어떤 사람은 동생이 마트에 음식 구하러 갔다가 집에 못 돌아오고 있대. 왜 우리처럼 그냥 집에 있지 않고 다들 밖으로 나간 거지?

남자 그런데 우리도 먹을 거 떨어지면 어떡해요?

여자 음…… 자기는 어떻게 할 거야?

남자 우리 집에서 제일 가까운 편의점에 갔다 와야지. 뛰어가면 2분이면 되잖아요.

여자 거기 갔다가 만약에 물려서 저렇게 되면?

남자 만약에 내가 물려서 못 오면 어떡할 거예요?

여자는 대답을 하지 않고 다시 노트북을 열심히 들여다본다. 친구나 가족이 밖에 나갔다가 돌아오지 않고 있다는 게시글이 이어진다. 여자는 그런 글을 하나하나 읽어 내려간다.

여자 여기 보니까 물려서 저렇게 된 사람들이 어떻게 집까지 찾아오는 경우도 있나 봐. 관성의 법칙 같은 건가?

남자 감성?

여자 감성 아니고 관성. 스프링처럼 늘어났다가 다시 원래대로 돌아가는 거.

남자 아아, 간세이.

여자 만약 우리 중에 한 명이 밖에 나갔다가 물리면 꼭 집으로 돌아오기로 하자.

남자 돌아와서?

여자 돌아와서 나머지 한 명도 물어주기.

남자 그리고?

여자 그리고 고양이도 물어주기.

남자 에에?

여자 아니다, 그러지 말고 우리 지금 같이 밖에 나가서 물릴까? 고양이도 안고 나가서.

남자 에? 지금요?

여자가 침대에서 벌떡 일어나 남자 앞에 털썩 책상다리를 하고 앉는다.

여자 생각해봐. 어차피 우리 집에 있는 식량으로는 일주일도 버티기 힘들 거야. 그러면 그다음에 어떻게 되겠어? 냉동실에 있는 풀까지 먹어치운다고 해도 결국엔 먹을 걸 구하러 나가든지, 아니면 천천히 굶어 죽든지 해야 할 거야.

남자 천천히, 천천히 말해주세요. 잘 모르겠어.

여자 좀비 영화 보면, 주인공이 어떻게든 살아남으려고 발버둥 치잖아. 나는 그런 게 이해가 안 됐거든? 만약에 온 세상 인구의 99퍼센트가 좀비가 되어버렸다면, 빨리 좀비가 돼서 편하게 아무 걱정 없이 으어어 하면서 돌아다니는 게 낫지 않아? 계속 사람으로 있으려고 하니까 힘든 거 아니야?

남자 좀비? 저기 밖에 있는 게 좀비인가요?

여자 좀비나 뭐 그런 거겠지, 아무튼.

남자 좀비가 되고 싶어요? 좀비가 돼서 뭐 하게?

여자 그럼 사람으로 있어서 뭐 하게?

남자 …….

여자 봐봐, 우리 방금 섹스했잖아. 아까 보니까 콘돔도 두세 개밖에 안 남았어. 이렇게 있다 보면 섹스도 또 하고 싶을 텐데, 그러다가 내가 임신이라도 하면 어떡해?

남자 그러면 안 되죠. 지금 같은 세상에…….

여자 사실 이런 바이러스가 없다고 해도 임신하면 안 되지. 아무튼 임신이 안 된다고 해도 생리는 계속할 텐데, 나중에 생리대랑 생리통 약도 다 떨어지면 그때는 어떡해?

남자 아, 약이 없으면 너무 아프겠다.

여자 나 생리통 심한 거 알지? 약 안 먹으면 큰일 나잖아. 어쩌면 나는 생리통 때문에 죽을 수도 있어. 그리고 그게 저렇게 되는 것보다 더 아플 거 같아.

남자 그러면 내가 나가서 약도 구해오고 먹을 것도 구해오면 좋네?

여자 그러다가 못 돌아올 확률이 높잖아. 자기는 싸움도 못하고 몸도 잘 못 쓰는데, 저런 것들이 달려들면 어떻게 제치고 오려고? 아까 보니까 눈만 마주쳐도 벌벌 떨더니만.

남자 그건 그래. 그래도 필요하면 할 수 있겠지?

여자 '할 수 있겠지'가 아니고 그냥 하지 말자. 우리도 대세의 흐름에 편승해버리는 거야. 어쩌면 이제 사람이 더 이상 악영향을 끼칠 수 없도록 지구가 역습을 하는 걸 수도 있어. 그럴 땐 순순히 사라져주는 것도 괜찮지. 자기 만화 「기생수」 알지?

남자 응, 「기생수」 좋아해요.

여자 거기서도 주인공이 어딘가에서 오는 외계 종족

들이랑 계속 싸우면서도 의심하잖아. 어쩌면 저들 입장에서는 우리가 악이고, 우리를 제거해야만 하는 사명을 받은 걸 수도 있는데, 우리가 무리하게 싸우고 있는 게 아닐까? (갑자기 쇼핑 호스트 말투로) 고객님! 우리는 어차피 한 번은 죽습니다. 저는 오늘 죽습니다. 고객님은 제가 없어도 혼자 사시겠습니까? 아니면 저와 함께 가시겠습니까? 지금 선택하세요!

남자 나는 당연히 같이 가죠. 그런데 고양이도 같이 가고 싶을까?

여자 왜? 고양이는 두고 갈까? 사료만 다 꺼내놓고?

남자 고양이가 원하는 게 뭔지 모르잖아요.

여자 혼자 두고 가면 사료 다 먹고…… 결국 죽게 되지 않을까?

남자는 방 안을 왔다 갔다 하던 고양이를 붙잡아 품에 끌어안는다. 그러곤 귀여워서 못 견디겠다는 듯 고양이에게 얼굴을 비비며 귀를 깨물고 뽀뽀를 한다.

남자 아아, 너무 귀엽고……. 이렇게 귀여운 동물은 아마 지구도 죽길 원하지 않을 거예요. 우리는 사라져도 동물들은 괜찮을 거예요. 그렇죠?

여자 진짜 그럴까?

남자 응. 난 그렇게 생각해요.

여자 그래? 한번 지구를 믿어볼까? (두 손을 모으고 외친다) 지구야, 동물들은 그냥 놔둬주라! 제발 부탁한다!

남자 (같이 손을 모으고) 부탁합니다!

남자의 품에서 벗어난 고양이가 둘 사이를 왔다 갔다 하며 다리에 몸을 비벼댄다.

5. 현관. 실내. 오후

간편한 차림으로 현관에서 신발을 신는 두 사람. 거실 여기 저기에 고양이 사료와 물이 담긴 그릇이 놓여 있다. 남자는 무언가 생각난 듯 다시 신발을 벗고 거실로 걸어가 창문을 연다.

여자 창문은 왜?

남자 고양이가 선택하게 해야죠. 나중에 집을 나가고 싶을 수도 있잖아요. 여기 창문으로 고양이는 왔다 갔다 할 수 있지만 사람은 왔다 갔다 못 하니까 안전해요.

여자 자기 진짜 착하고 똑똑하다. 사랑해!

고양이가 드나들 수 있을 만큼 창문을 연 남자가 뒤를 돌아보며 환하게 웃는다.

남자 저도 많이 사랑해.

두 사람은 마지막으로 함께 고양이를 껴안는다. 한참 그렇게 서 있자 둘의 품에 끼인 고양이는 불편한지 몸을 이리저리 움직여 벗어나려고 한다. 그 모습까지도 사랑스러워 눈물을 흘리면서도 웃는 두 사람. 몸부림치던 고양이는 마침내 그들 품에서 빠져나와 몸을 부르르 털고 방으로 슬렁슬렁 걸어간다. 남자와 여자는 마지막으로 서로 꽉 껴안고 입을 맞추고 크게 심호흡을 하더니 '하나, 둘, 셋!' 하고 현관문을 연다.

6. 거실. 실내. 아침

남자와 여자가 사라진 집에서 고양이가 거실 창문 앞에 앉아 밖을 내다보고 있다. 창밖 골목에는 어기적어기적 걸어 다니며 서로를 물어뜯고 있는 존재들이 가득하다. 고양이는 털과 꼬리를 바짝 세우고 창문 앞을 왔다 갔다 하며 뛰어내릴 곳을 살핀다. 평생 집 안에서만 살았던 터라 난생처음 제 발로 밖에 나가는 일이 굉장히 흥분되는 모양이다. 드디어 방범 창 사이로 몸을 비집고 나가 창문턱에 선 고양이. 마지막으로 크게 기지개를 켠다.

고양이 하나, 둘, 셋!

고양이가 2층 창문에서 팔짝 뛰어내린다. 뛰면서도 무서운지 가랑이 사이에서 오줌이 흘러내리고 있다.

오리 이름 정하기

등장인물

주님: 유일신. 다혈질에 괴팍한 성격이다.
사탄: 천사. 평소 입바른 소리를 잘해서 주위의 미움을 사는 편이다.
예수: 천사. 주님의 장남이라는 걸 무기로 아무렇게나 산다.
가브리엘: 천사. 스스로 우두머리를 자처하나 누구도 인정해주지 않는다.
라파엘: 천사. 눈치가 빠르고 사바사바에 능하지만 막말도 곧잘 한다.

이 세상이 아닌 어딘가로 추정되는 곳에 모인 천사들. 사탄은 한쪽 기둥에 기대서서 무언가를 만지작만지작하고 있다. 라파엘은 예수 옆에 딱 붙어 앉아 장난을 걸며 낄낄거린다. 가브리엘은 두툼한 노트를 손에 들고 페이지를 앞뒤로 넘겨보며 골똘히 생각에 잠겨 있다. 이윽고 펜으로 뭔가 써 내려가던 가브리엘이 갑자기 고개를 들더니 뭔가를 만지작거리고 있는 사탄에게 말을 건다.

가브리엘 (사탄의 손을 가리키며) 새로운 창조물을 준비해 오신 건가요?

사탄 아, 아니요. 이건 지난번에 창조했던 거 수정하는 거고, 아직 새로운 건 준비를 못 했네요.

가브리엘 지난번에 창조한 거? 뭐예요? 기린이에요?

사탄 아니요. 기린은 전전번에 만든 거고요. 이건…….

예수 펭귄?

사탄 아니요. (손을 펼쳐 만들던 것을 보여주며) 고양이요.

라파엘 (못마땅한 듯 끼어들며) 사탄님은 왜 혼자만 그렇게 많이 만드세요?

사탄 그게 잘못됐나요?

라파엘이 작은 소리로 투덜거린다. 사탄은 개의치 않고 손 안에 든 고양이를 계속 주무르며 형태를 잡아간다.

가브리엘 (분위기를 전환하려는 듯) 예수님은 뭐 좀 만들어 봤어요?

예수 (갑자기 지목당하자 당황하며) 아, 제가 지금 만들고 있는 게 수증기라는 건데요. 그게 물이 순환하는 상태인데…… 물이 증발해서 구름으로 가는 중간 단계 같은 거고…….

라파엘 말 좀 똑바로 해요, 어버버하지 말고.

예수 그게 아니라…….

가브리엘 (노트에 뭔가 적으며) 그래서 이름이 수증기라고요?

예수 예, 수증기요.

사탄 (관심 보이며) 지난번에 만든 안개랑은 다른 거죠?

예수 네, 다른 거.

라파엘 (비웃으며) 수증기랑 안개랑 뭐가 다른데요?

사탄 전 좋은 거 같네요, 예수님.

사탄이 예수를 칭찬하자, 라파엘은 못마땅한 듯 정색하며 말을 한다.

라파엘 우리끼리 정하면 안 되죠. 정하는 건 주님이 하시는 거잖아요.

사탄 저도 알아요, 라파엘님. 그래도 본회의 전에 먼저 몇 가지 안을 선정해서 올리면 좋잖아요. 그러려고 실무회의를 하는 거고요.

똑 부러지게 상황을 정리하는 사탄. 라파엘은 할 말을 잃고 시무룩해진다.

라파엘 (뚱한 표정으로) 뭐, 그렇죠.

그때 가브리엘이 뭔가를 발견한 듯 자리에서 벌떡 일어나 큰 소리로 외친다.

가브리엘 주님! 주님 오십니다!

모두 자리에서 벌떡 일어난다. 저쪽에서 주님이 커다란 쇼핑백을 들고 걸어온다. 다 함께 공손히 허리를 숙여 주님에게 인사를 올린다. 주님은 여유를 부리며 느릿느릿 천사 무리에게 다가온다.

라파엘 (호들갑을 떨며) 주님, 여기 앉으십시오!

주님 (자리에 철퍼덕 앉으며) 그래, 너희도 앉아라.

다들 주님 곁에 옹기종기 모여 앉는다. 주님은 천천히 좌중을 둘러본다.

주님 (예수에게) 야, 너 옷 좋다?

예수 (머리를 긁적이며) 감사합니다. 헤헤.

주님 그래, 다들 뭐 하고 있었냐?

사탄 예, 지난 창조 회의 때 결정된 사안들을 체크하고 있었습니다.

주님 (딱 잘라) 너 말고, 가브리엘이가 말해봐라.

주님은 사탄의 말을 제대로 듣지도 않고 잘라버린다. 사탄은 무안한 듯 손에 들고 있던 고양이를 다시 주물럭거리기 시작하고, 반대로 가브리엘은 의기양양하게 노트를 넘기며 신나게 설명을 시작한다.

가브리엘 예, 주님. 사탄님은 지난번에 창조한 고양이를 수정하고 있다고 합니다. 그리고 예수님은 지금 수증기라는 걸 만들고 있다고 하는데요.

주님은 가브리엘의 말을 듣는 둥 마는 둥 하며 가슴팍에서 담뱃갑을 꺼낸다.

주님 라파엘, 재떨이 좀. (달라는 손짓을 하며 예수에게) 그래, 수…… 뭐라고?

예수 수증기라고…… 물이 증발해서 구름으로 가는 순환의 한 상태인데요.

예수가 수증기에 관해 설명하는 동안 라파엘은 잽싸게 손을 움직여 재떨이를 만들어낸다.

라파엘 (재떨이를 내놓으며) 여기 있습니다, 주님!

주님 땡큐. 뭐 그런 거냐? 이런 거.

'이런 거'라는 말과는 달리 수증기와 전혀 상관없는 제스처를 보여주는 주님. 하지만 모두 주님의 손짓을 경이로운 눈빛으로 바라본다.

예수 예, 맞아요.

주님 그래, 잘했고. 여기서 이것 좀 꺼내봐.

예수 예, 아버지.

주님이 가지고 온 쇼핑백을 예수에게 던져준다. 예수는 쇼핑백을 받아 들고 안에 든 생물을 밖으로 꺼내놓는다. 쇼핑백에서 나온 것은 바로 오리다.

가브리엘은 '왔다 갔다'라는 말을 반복해 중얼거리며 그에 맞는 표현을 찾으려고 애쓰지만 쉽사리 떠오르지 않는다. 사탄이 그런 가브리엘을 지켜보다가 대신 말해준다.

사탄 (침착한 말투로) 수륙양용이요.

가브리엘 아, 맞다! 수륙양용!

주님 (사탄을 힐끗 보고) 그래, 그거다.

라파엘 와, 이번에도 정말 멋있는 거 만드셨네요.

주님 (기분 좋은 듯) 그러냐? 한번 해봤어.

주님은 라파엘의 입에 발린 칭찬에 기분이 좋은 듯 팔을 뒤로 뻗어 땅을 짚으며 한가롭게 휘파람을 분다. 사탄은 라파엘과 예수가 간신히 붙잡고 있는 오리를 주의 깊게 살펴본다. 그러다가 뭔가를 발견한 듯 고개를 갸우뚱한다.

사탄 주님, 이 창조물은 무게중심이 조금 불안정한 것 같은데요.

휘파람을 불며 하늘을 보고 있던 주님은 미간을 찌푸리며 자세를 고쳐 앉는다.

주님 (깊은 한숨을 내쉬고) 야.

사탄 예?

주님은 한동안 말없이 사탄을 노려본다. 분위기가 싸늘해진 것을 눈치챈 가브리엘이 화제를 전환해보려고 한다.

가브리엘 (눈치 살피며) 그럼 형태는 이렇게 픽스하시고, 이제 이 창조물에 이름을 붙여보도록 할까요?

가브리엘의 화제 전환이 먹힌 듯 주님도 사탄을 향하던 눈길을 거둔다.

주님 맞다. 너희 사람 말 할 줄 알지?

주님의 말에 천사들은 서로서로 눈치를 보느라 바쁘다. 사탄만 자신 있는 표정이다.

주님 지난번에 내가 사람 말 만든 거 봤어, 안 봤어?

사탄 (자신 있게) 봤습니다.

라파엘 (질세라) 저도 봤습니다, 주님!

주님 그럼 지금부터 사람 말로 해보는 거야. 자, 너부터 시작!

주님에게 지목당한 가브리엘은 영 자신 없는 표정으로, 하지만 침착하게 정신을 가다듬고 입을 뗀다.

가브리엘 じゃ, これから.(자, 지금부터.)

가브리엘의 일본어가 썩 마음에 드는지 주님은 첫마디를 듣고 표정이 밝아진다.

주님 옳지! 잘하네!

주님의 칭찬에 탄력을 받아 더욱 유창한 일본어로 말을 이어나가는 가브리엘.

가브리엘 これから, この動物の名前を一緒に考えてみましょうか? サタンはどう思いますか.(지금부터 이 동물의 이름을 함께 생각해봅시다. 사탄님은 어떻게 생각하십니까?)

가브리엘에게 바통을 넘겨받은 사탄이 유창한 영어로 대답한다.

사탄 Yeah. I think *duck* would be good for this creature.(네, 저는 '오리'가 좋다고 생각합니다.)

그 말을 듣고 라파엘이 어이없다는 듯 불쑥 러시아어로 끼어든다.

라파엘 утка?(오리?)
가브리엘 アヒル?(오리?)
예수 오리?

모두 사탄이 내놓은 이름이 썩 마음에 들지 않는 모양이다.

가브리엘 何でそれに思いましたか.(왜 그렇게 생각하십니까?)
사탄 I don't know, it just came up in my head.(잘 모르겠어요. 그냥 떠올랐어요.)

가만히 듣고 있던 주님이 무뚝뚝한 독일어로 사탄을 부른다.

주님 Hey, du da?(야, 야.)

사탄 Yes, my lord?(네, 주님?)

주님 Was glaubst du, wer du bist?(너는 네가 뭐라고 생각하냐?)

사탄 My lord?(주님?)

사탄은 뭐가 어떻게 잘못된 건지 전혀 모르겠다는 표정이다. 주님은 무서운 표정과 차가운 독일어로 사탄에게 계속 면박을 준다.

주님 *Duck*? Denkst du, das ist ein Scherz?(오리라고? 이게 무슨 장난 같으냐?)

그제야 주님이 그 이름을 마음에 들어 하지 않는다는 걸 눈치챈 사탄은 자신의 의견을 접고 주님께 용서를 구하기로 한다.

사탄 No, father. Forgive me.(아니요, 아버지. 저를 용서

하세요.)

사탄이 대차게 까이는 걸 보고 신이 난 라파엘이 이때다 싶어 끼어든다.

라파엘 Бог, как о *damm*?(주님, '댐'은 어떨까요?)

새로운 이름을 듣고 기분이 나아진 주님. 라파엘을 보며 굳은 표정을 푼다.

주님 Ja. Wie es aussieht, scheinst du die Bedeutung einer Idee zu kennen.(그래. 너는 아이디어라는 걸 좀 아는 모양이구나.)

가브리엘 はい, そうです.(네, 정말 그러네요.)

주님 *Damm* hört sich gut an. Ich mag den Klang. *Damm*.(댐 좋네. 나는 그 발음이 마음에 든다. 댐.)

가브리엘 *Damm*はすばらしいと思います.(댐은 정말 훌륭한 이름이라고 생각합니다.)

주님의 의견에 적극 동의하며 분위기를 좋게 이끌어나가려는 가브리엘. 그와는 달리 예수는 붙잡고 있던 오리를 들여다보며 심각한 표정으로 중얼거린다.

예수 오리…… 괜찮은 것 같은데.

예수가 중얼거리는 소리를 듣고 확 기분이 상한 라파엘.

라파엘 Что, у вас есть проблемы с этим?(뭐야, 뭐 문제 있어요?)

예수 아니, 그건 아니고…….

오리를 잡고 있던 예수와 라파엘이 아웅다웅하자 주님은 만사가 귀찮다는 듯 손을 휘휘 내젓는다.

주님 그냥 댐으로 해. 그나저나 소리는 어떻게 할까? 울음소리.

가브리엘 今から*damm*の音について.(그럼 지금부터 댐의 소리에 대해…….)

주님 됐어. 이제 그만해라.

가브리엘 예?

주님은 이제 사람 말이 듣기 싫은 듯 가브리엘의 말을 끊는다. 그러곤 아까부터 혼자 사람 말을 하지 않던 예수에게 몸을 기울인다.

주님 예수야, 소리 어떡하냐?

잠시 오리를 보며 생각에 잠겨 있던 예수가 갑자기 고개를 쳐들고 괴상한 소리를 지르기 시작한다. 천사 무리는 예수의 괴성에 깜짝 놀라지만, 주님은 여유 있는 표정으로 그 소리를 음미하듯 감상한다.

주님 그래, 좋다. 그걸로 해.

주님의 눈치를 보다가 마찬가지로 동의한다는 듯 고개를 열심히 끄덕이는 라파엘. 가브리엘도 놀란 마음을 추스르고 노트에 회의록을 적어 내려간다.

가브리엘 (노트를 덮으며) 좋네요. 모든 게 순조롭네요.

회의가 마무리되려는 듯 분위기가 어수선한 가운데 사탄이 조심스레 끼어든다.

사탄 저, 소리에 대해서 의견이 하나 있는데요.

자리에서 일어나려던 주님이 눈치 없이 말을 이어가려는 사탄을 또다시 무섭게 쳐다본다.

주님 너는 말이야.

사탄 예?

주님 너는 왜 사니?

주님의 말투가 험악해지자 가브리엘이 노트를 다시 펼치며 자연스럽게 회의를 이어나간다.

가브리엘 주님, 일단 들어보기라도 할까요?

사탄이 뭐라고 하는지 한번 보자는 듯 모두 말없이 그를 주시한다. 이목이 집중되자 사탄은 목을 흠흠 가다듬더니 자리에서 일어나 오리 울음소리를 흉내 낸다.

사탄 꽥꽥꽥꽥.

사탄이 내는 소리를 듣고 주님과 천사들은 아무 반응도 하지 않는다. 마침내 어색한 침묵을 깨고 주님이 크게 한숨을 쉬며 말한다.

주님 내가 다시 한번 물을게. 너는 왜 사니?

사탄 네? 무슨 말씀이시죠?

주님 그렇게 해서 다음 창조까지 같이 갈 수 있겠어? 아, 진짜 죽일 수도 없고.

'죽인다'는 말에 흠칫하는 예수.

예수 (조심스럽게) 아버지, 제가 죽일까요?

주님 (버럭) 야! 쟤도 신이야. 어떻게 죽이니?

예수 아, 맞다.

'신은 죽지 않는다'는 대전제를 까먹고 경솔하게 말을 꺼낸 것이 민망해 머리를 긁적대는 예수. 주님은 영 기분이 나빠 보이고, 사탄은 자리에서 일어난 채로 어정쩡하게 서 있다.

주님 아이고, 답답하다. 야, 가브리엘. 저기 가서 생명수 좀 떠와라.

주님의 말이 떨어지기가 무섭게 날개를 활짝 펼치고 날아오르는 가브리엘.

주님 (라파엘을 보며) 너는 저기 뭐야, 먹을 것 좀 만들어봐라.

라파엘 먹을 거 뭐 말씀이십니까? 과일 말씀이십니까?

주님 아무거나 빨리!

아까 재떨이를 만들 때처럼 몸을 숙이고 정신을 집중한 채 손을 움직이기 시작하는 라파엘.

주님 아유, 답답하다. 아주 가시밭길이다.

주님은 답답한 듯 자리에서 일어나 담배를 물고 주위를 어슬렁거리기 시작한다. 라파엘이 갓 만든 과일을 들고 주님을 뒤따라간다.

이윽고 둘만 남은 사탄과 예수. 예수가 붙잡고 있던 오리를 놓고 자리에서 일어나 사탄 옆으로 슬슬 다가간다. 예수의 손에서 벗어난 오리는 혼자 뒤뚱거리며 걷기 시작한다.

예수 저기…….

사탄 예?

예수 제가 죽여드릴까요?

사탄 무슨 말씀이세요?

예수 아버지요. 제가 죽여드릴까요?

사탄 네? 왜요?

예수 너무 심하시잖아요.

사탄 저한테요?

예수 예.

사탄 아니, 고맙긴 한데요.

예수 아버지 없이도 창조할 수 있잖아요. 어차피 지금도 저희가 다 하고 있잖아요.

사탄 그건 그렇죠. 주님은 가끔 저렇게 엉뚱한 거나 던져주시고…….

뒤뚱거리며 걷는 오리의 뒷모습을 쳐다보다 지친 듯 바닥에 털썩 주저앉는 사탄. 예수도 사탄 옆에 슬쩍 따라 앉는다.

예수 죽일까요?

사탄 (고개를 내저으며) 아니, 안 죽죠. 유일신이신데요.

예수 한번 해보는 거죠, 뭐.

사탄 어떻게…….

예수 (눈을 반짝거리며) 어떻게 하면 죽으실까요?

골똘히 생각에 잠기는 사탄과 예수.

사탄 주님은 화를 잘 내시니까 계속 더 내시게 만든 다음에…… 이성을 잃으시게 한 다음에…….

예수 그다음에?

사탄 너무 화가 나서 자기 손으로 창조하신 걸 파괴하게 만드는 거죠.

예수 아! 이런 건 어떨까요?

사탄 어떤 거요?

예수 아버지를 엄청 화나게 한 다음에 신도 죽일 수 있는 걸 창조하시게 하는 거예요.

사탄 오오.

예수의 기발한 아이디어에 몹시 감탄하는 사탄. 역시 첫째

아들은 뭐가 달라도 다르다 싶다. 사탄의 반응이 마음에 드는지 힘차게 고개를 끄덕이는 예수.

사탄 근데 그러다가 저나 예수님이 죽을 수도 있잖아요.

예수 저는 사실 죽어도 괜찮아요.

사탄 아, 그래요? 저는 죽기 싫어요.

어느새 사탄과 예수 뒤로 다가온 주님. 몰래 대화를 엿듣다가 수군거리고 있던 둘의 어깨를 확 붙잡는다. 갑작스러운 주님의 출현에 화들짝 놀라 용수철처럼 튀어 오르는 사탄과 예수.

주님 야, 내가 말이야.

사탄 으악, 주님!

예수 아, 아버지!

주님 내가 말이야, 지옥이라는 게 생각났는데 말이야.

예수 예? 지옥이요?

주님 (실실 웃으며) 그게 뭔지 알겠냐?

예수 아니요.

주님 (사탄에게) 너는 지옥이 뭔지 알겠어?

사탄 아니요, 주님. 잘 모르겠습니다.

주님 (다정하게 사탄의 머리를 쓰다듬으며) 왜 몰라? 너희가 방금 속닥속닥 얘기하던 거 있잖아. 그거야.

예수 예?

사탄 그게 무슨…….

어쩔 줄 몰라 하는 사탄과 예수를 보며 히죽거리는 주님.

주님 야, 내가 누구냐?

예수 아버지요.

주님 그렇지!

주님은 예수의 대답을 듣더니 바지에 묻은 흙을 툭툭 털고 일어나 저쪽으로 걸어간다. 사탄과 예수는 주님이 떠난 뒤에도 굳은 듯 몸을 움직이지 못한다. 그러다 예수가 한숨을 푹 내쉬며 먼저 입을 연다.

예수 사탄님은 이제 진짜 죽을지도 모르겠네요.

사탄 네? 저요? 저만요?

예수 저는 맏아들이라서 그래도 살지 않을까요?

사탄 저는 죽으면 안 되는데……. 저는 앞으로 할 일이 진짜 많거든요.

예수 그럼 어떡하지……. 역시 우리가 죽기 전에 먼저 아버지를 죽여야 할 것 같아요.

사탄 그러네요.

생각에 잠긴 예수. 사탄 역시 골똘히 무언가를 생각하고 있다. 그들의 등 뒤에서 오리, 아니 댐이 뒤뚱뒤뚱 어느새 저만치 멀어지고 있다.

똥손 좀비

"죄송합니다! 오는 길에 전철에서 인명 사고가 나서…….
저 어디로 가면 되나요?"

촬영 준비로 분주한 스태프들은 헐레벌떡 뛰어다니느라 아무도 묻지 않은 변명을 하고 서 있는 용훈에게 누구 하나 눈길을 주지 않았다. 용훈은 주위를 두리번거리며 조금이라도 낯익은 얼굴을 찾아보려고 애썼다.

"보출분들, 이쪽에 한 줄로 서세요!"

연출부 스태프가 확성기를 들고 소리치자 한 무리의 사람들이 소리가 나는 곳으로 어기적어기적 모여들기 시작했다. 맨발에 다리를 절고, 옷은 다 찢어지고, 머리는 터져 뇌수가 흐르고, 눈알은 빠져 덜렁거리고, 걸을 때마다 배에서 쏟아져 나온 창자가 너털거렸다. 좀비 영화의 보조 출연자들이었다. 용훈은 눈치껏 무리가 쏟아져 나온 천막으로 달려 들어갔다.

"저, 오늘 좀비로 출연하는 최용훈이라고 하는데요."

"네? 뭐라고요?"

"좀비요, 좀비 보출로 오늘……."

"지금 떼 신 촬영 들어가는데요?"

용훈은 다급히 주위를 둘러봤다. 특수 분장실로 쓰는 간이 천막 안은 이미 한바탕 분장 폭풍이 지나간 뒤였다. 여기저기에 놓인 부분 가발, 가짜 피가 덕지덕지 말라붙은 의상, 바닥에 떨어진 장기 모형을 주섬주섬 치우고 있는 분장 스태프들을 보자 용훈은 마음이 조급해졌다.

"제가 좀비 보출인데요. 오는 길에 전철에서 인명 사고가 나서 늦었는데요. 지금 촬영 들어가려고 하는 것 같은데 분장 좀……."

용훈은 바닥을 쓸고 있던 스태프를 붙들고 사정을 설명해 봤다. 이어폰을 끼고 비질을 하던 스태프는 허리를 세우더니 퉁명스레 말했다.

"저기요. 분장 받으실 거면 진즉에 와서 하셨어야죠. 저희

새벽부터 나와서 한번 쉬지도 못하고 여섯 시간 동안 50명분 다 해드렸거든요?"

"제가 늦으려고 한 게 아니고 전철에서 사고가……."

"야, 거기 뭐야! 빨리 안 치워!"

그때 덩치 큰 제작 스태프가 소리를 지르며 다가왔다. 분장 스태프는 황급히 바닥을 쓸며 슬슬 자리를 피했다. 용훈은 당황한 얼굴로 멀뚱히 서 있었다.

"야! 넌 뭔데 여기 서 있어!"

"저는 보출인데요."

"뭐? 보출인데 왜 이러고 있어!"

용훈을 아니꼽다는 듯 위아래로 훑어보던 제작 스태프가 피식 웃으며 말했다.

"지금 지각한 주제에 분장해달라고 뻗대고 있냐?"

"아니, 저는…… 죄송합니다."

제작 스태프의 주머니에서 무전기가 지지직거렸다. 이어폰으로 무전을 확인하고 밖으로 나가려던 제작 스태프는 몸을 돌려 바닥에 떨어진 옷가지를 발로 툭툭 치며 말했다.

"하고 싶으면 이거 주워 입고 5분 안에 뛰쳐나오든지."

"예예, 감사합니다! 바로 나가겠습니다! 아, 근데 분장은……."

"분장은 씨발, 알아서 처바르고 나와! 군대 안 갔다 왔어?"

제작 스태프가 버럭 소리를 지르고 천막을 나가버린 뒤 용훈은 한구석에서 허겁지겁 옷을 벗었다. 탈의실에 들어갈 틈도 없이 원래 입고 있던 옷과 가방은 한쪽에 벗어 던져놓고 속옷을 다 드러낸 채 의상을 갈아입는 용훈을 청소하던 스태프들이 힐끔힐끔 쳐다봤다. 용훈은 갈가리 찢기다시피 한 바지를 추켜올리면서 아직 분장 도구가 펼쳐져 있는 테이블로 다가갔다. 그러곤 이것저것 확인할 새도 없이 제일 먼저 보인 걸 집어 들고 얼굴에 마구 바르기 시작했다. 곧 용훈의 얼굴이 새파란 아이섀도로 뒤덮였다. 자신이 보기에도 거울 속의 모습이 어설프게 느껴지는지 용훈은 자꾸 손을 멈칫거렸다.

"보출분들, 촬영장으로 이동하겠습니다!"

바깥에서 확성기 소리가 들리자 용훈은 분을 칠하다 말고 그대로 밖으로 뛰쳐나갔다.

"저기요! 그거 왜 가져가요!"

뒤따라 나온 분장 스태프가 용훈의 손에 들려 있던 파란색 섀도를 휙 빼앗고는 무섭게 노려보더니 천막 안으로 들어갔다. 용훈은 죄송하다는 말도 못 하고 멀뚱히 서 있다가 확성기 소리가 나는 쪽으로 달리기 시작했다. 커다란 버스에 줄지어 탑승하고 있는 보조 출연자 무리가 눈에 들어오자 더더욱 속도를 냈다.

"늦어서 죄송합니다!"

"빨리 타세…… 앗, 깜짝이야! 뭐예요!"

용훈이 헐떡거리며 버스에 올라타려는데 스태프가 참지 못하고 웃음을 터뜨렸다.

"아, 웃겨. 얼굴이 왜 그래요?"

"예? 죄송합니다. 제가 늦어서요."

"그냥 빨리 타세요."

용훈은 무사히 보조 출연자 전용 버스에 올라탔다. 버스 안은 좀비 분장을 한 출연자들로 가득 차 비위가 약한 사람이라면 보기만 해도 위장이 들썩일 만한 광경을 연출했다. 특수 접착제와 가짜 피 때문에 역한 냄새까지 진동했다. 그럼에도 용훈은 내장이 튀어나오고 뇌수가 범벅이 되어 흐르는 다른 출연자들의 분장 하나하나가 부럽기만 했다. 용훈이 부러운 눈으로 보조 출연자들을 둘러보며 빈자리를 찾아 두리번거리는데 누군가 그의 이름을 불렀다.

"어이, 용훈이. 왜 이렇게 늦었어."

용훈은 목소리가 들린 쪽으로 고개를 돌렸지만 기괴한 분장 때문에 자기를 부른 사람이 누구인지 바로 알아보지 못했다.

"누구세요? 죄송한데 분장 때문에 잘 모르겠어요."

"나야, 진기 형."

"진기 형?"

용훈은 같은 사무실에 소속되어 있는 진기를 만난 것에 안도하며 그의 옆자리에 앉았다. 보조 출연자들은 하루에 열 명, 스무 명씩 단체로 현장에 나가기 때문에 그만큼 같은 사무실 사람들과 마주치는 일이 잦았다. 말주변이 없어서 대기 시간에도 혼자 핸드폰을 들여다보며 도시락을 먹는 용훈과 달리 진기는 넉살 좋게 배우, 스태프들과 어울리며 어디서나 분위기 메이커를 자처했다. 사극 현장에서 함께 보초 역을 하게 된 날, 진기는 으레 친근하게 말을 붙여왔고 용훈도 그를 형이라 부르며 금세 따르게 되었다. 진기는 입버릇처럼 '다음 스텝으로 가야 한다'며 배우로서의 포부를 늘어놓곤 했는데, 그의 목표가 어찌나 명확한지 용훈은 가끔 경외심이 들 정도였다.

진기는 누군지 알아보기 어려울 정도로 특수 분장이 화려했다. 눈에 낀 하얀색 렌즈부터 윗입술을 집어 올려 잇몸이 드러나 보이는 얼굴, 그리고 원래도 숱이 적은 머리를 군데군데 잡풀처럼 뭉쳐놓아서 누군가에게 쥐어뜯긴 것처럼 듬

성듬성한 헤어스타일까지……. 용훈의 눈에는 그야말로 완벽하다 싶은 좀비 분장이었다.

"넌 왜 분장이 그 모양이냐?"

"전철 사고 때문에 늦어가지고요. 이거 제가 했어요."

"네가 했다고? 무슨 코미디 찍냐? 뭘 갖다 바른 거야, 도대체."

"파란색 분가루 같던데, 눈에 띄는 게 이거밖에 없어서요. 너무 심해요?"

버스는 한동안 덜컹거리며 산중 깊숙이 자리한 촬영지로 쉼 없이 달려갔다. 차체가 비포장도로의 나무뿌리를 밟고 지나갈 때마다 보조 출연자들의 소장이며 대장, 콩팥이 덜커덕거리며 튀어 올랐다. 그사이 용훈의 얼굴을 자세히 들여다보던 진기가 웃기 시작했다. 한번 터진 웃음은 그치질 않다가 한숨과 함께 가까스로 잦아들었다. 진기는 얼룩덜룩한 팔 한쪽을 쓱 내밀었다.

"여기 묻어 있는 거라도 찍어 발라. 너 이러고 가면 어디 편집에서 살아남겠냐. 당장 가위질이지."

"고맙습니다, 형."

용훈은 감격스러운 표정으로 연신 고개를 꾸벅거리며 진기의 팔에 묻은 거뭇거뭇한 분장을 손으로 찍어 자기 얼굴에 쓱쓱 발랐다. 되직한 질감이 꼭 구두약 같았다.

"눈 밑에. 그래, 거기 좀 중점적으로 발라봐."

"네. 근데 차가 많이 흔들리네요. 헤헤."

용훈의 손놀림이 빨라지면서 얼굴 여기저기에 검은 기운이 피어올랐다. 버스가 덜컹거릴 때마다 손끝이 의도하지 않은 곳으로 뻗어버리면서 분장은 점점 맥락을 상실했다. 한편 불에 타 시커멓게 그을린 듯 까무잡잡하던 왼팔에서 점점 살빛이 올라오자 진기의 얼굴이 시큰둥하게 굳었다.

"야야, 적당히 가져가. 내 걸 지우지는 말아야 할 거 아니야."

"죄송합니다, 형. 정말 감사해요."

거뭇한 칠이 더해지자 용훈의 얼굴은 점점 더 알 수 없는 기운을 내뿜었다. 어디서 얻어맞고 온 스머프처럼 딱한 느낌마저 들었다. 진기는 혀를 차며 용훈을 쳐다봤다.

"내 곱창이라도 떼줄까? 들고 있을래?"

"진짜요? 형, 진짜 그래도 돼요?"

"그래, 인마. 불쌍해서 그런다. 누가 너보고 무섭다고 도망이나 가겠냐?"

"그렇죠. 그래도 연기로 잘 살리면……."

"연기로? 어이구, 대배우 나셨네."

용훈은 아까보다 긴장이 풀렸는지 평소처럼 헤헤거렸다. 그 옆에서 진기는 배에 붙여놓은 창자를 살살 떼어봤다.

"이거 잘 안 떨어진다. 괜히 떼다가 내 살가죽까지 뜯길 거 같다. 어떡하냐?"

"저는 이거면 돼요. 진짜 괜찮아요. 그거 원래 형 곱창이니까. 저는 검댕 나눠주신 거로도 완전 만족해요. 여기서부터는 제가 감당해야죠."

"그래? 야, 나머지는 연기로 잘 살려봐!"

진기는 용훈의 등을 팡 치며 격려했다. 마침 버스가 촬영장에 다다랐는지 멈춰 섰다. 몸이 앞으로 쏠리자 진기를 비롯한 보조 출연자들이 급히 내장을 부여잡았다.

"보출분들, 바로 교회 앞으로 집결해주세요!"

운전석 옆과 통로에 어정쩡하게 앉아 있던 몇 사람이 간이 의자를 접어 들고 먼저 버스에서 내렸다. 이어서 나머지 보조 출연자들도 조심조심 따라 내렸다. 그사이 피가 꾸덕꾸덕하게 굳으면서 빳빳해진 의상을 붙든 채 그들은 어기적어기적 교회 앞으로 이동했다.

그날 찍을 장면은 좀비의 공격을 피해 빈 교회에 숨어 있던 주인공 일행이 밖이 잠잠해진 틈을 타 뒷문으로 나오다가 좀비 떼와 만나게 되는 신이었다. 50명가량의 보조 출연자들이 투입되면서 제작비의 상당 부분을 끌어왔을 뿐만 아니라, 영화의 긴장과 속도를 최고조로 끌어 올리는 중차대한 신이라는 설명이 이어졌다. 추후 예고편과 영화 소개 프로그램에 노출될 확률이 높았다. 보조 출연자들은 현장 분위기에 발맞춰 빠릿빠릿하게 움직였다. 특수 분장이 잘된 사람들이 맨 앞에 서고, 나머지는 머릿수를 채우는 식으로 뒤에 자리를 잡았다. 앞에 선 사람들은 특별히 좀비 움직임 전문가의 간단한 코치를 받는 모양이었다. 용훈은 제일 뒤쪽에 자리를 잡은 터라 앞쪽 상황이 잘 보이지 않았다. 바쁘게 돌아가는 현장에서 용훈의 상태를 눈여겨보는 사람은 없었다. 촬영 스태프들은 리허설을 마치자마자 정신없이 본촬영을 준비했다.

"좀비 떼 신 촬영 들어갑니다! 다들 조용히 해주세요!"

연출부 스태프가 확성기를 들고 큰 소리로 외치자 보조 출연자들 사이에 긴장감이 흐르기 시작했다. 용훈은 저도 모르게 한숨을 내쉬었다. 아무 일 없이 촬영에 들어가는 것만으로도 그날 촬영을 마친 것처럼 안도감이 들었다. 이제부터는 누구의 눈에도 띄지 않으면서 맡은 바 소임을 다해 좀비 연기에 충실하겠다고 굳게 마음먹었다.

"사운드―."

"스피드!"

"A 카메라—."

"롤링!"

"B 카메라—."

"롤입니다!"

음향 감독과 카메라 감독들의 콜이 끝나자 슬레이트를 든 연출부 막내가 큰 소리로 외쳤다.

"37-1A의 하나!"

"좀비들 신나게 움직여봐! 기대한다! 액션!"

감독의 말이 끝나자마자 보조 출연자들이 저마다 괴성을 내지르며 움직이기 시작했다. 뒤쪽 구석에 최대한 안 보이게 자리를 잡은 용훈도 한껏 목을 비틀어 꺾고 이를 딱딱거리며 한 걸음씩 앞으로 내디뎠다. 앞줄의 좀비들은 주인공 일행과 격투를 벌인 뒤 목이 날아가야만 움직일 수 있어서 제자리에 선 채 어기적거렸다. 그럼에도 뒷줄에서 좀비들이 밀려오자 병목현상이 일어나기 시작했다. 앞줄에 선 좀비들은 인파에 떠밀려 펜스 사이에 껴버렸다. 그 상태로 짓눌리는 바람에 고통스러운 얼굴이 화면에 실감 나게 잡혔다. 다행히 그즈음 주인공 일행이 앞으로 물러나면서 숨 쉴 공간이 생겼다.

“탕! 탕!”

남자 주인공이 허리춤에서 꺼내 든 총을 연달아 쏘자 앞쪽에 있던 좀비들이 버둥거리며 쓰러졌다. 다른 좀비들은 총소리에 자극을 받은 듯 더더욱 앞으로 몰려들며 주인공을 향해 팔을 뻗고 괴성을 내질렀다.

“얼굴 더 찡그려! 손 더 올리고!”

모니터를 들여다보던 감독이 소리를 질렀다. 좀비들은 카메라가 다가오는 걸 느끼며 서로에게 떠밀려 괴로운 상태에서도 열연을 펼쳤다. 용훈도 어느새 앞으로 밀려 나와 카메라 쪽으로 손을 뻗은 채 어금니가 보일 정도로 크게 입을 벌리고 힘껏 괴성을 질렀다.

“컷! 좋다!”

감독의 만족스러운 사인에 보조 출연자들은 즉각 동작을 멈췄다. 총을 맞고 쓰러져 있던 좀비들도 의상을 툭툭 털며 자리에서 일어났다. 하도 몸을 부대낀 탓에 덜렁거리게 붙여놓은 눈알과 장기들이 떨어져나가 바닥을 구르고 있었다.

“여기 좀비들 분장 좀 봐주세요!”

이제 겨우 한 테이크가 끝났을 뿐인데 보조 출연자들은 극도로 피로감을 느꼈다. 꼭두새벽부터 현장에 나와 특수분장을 받고, 앞 촬영이 지연되면서 몇 시간씩 대기했으며,

혹여 분장이 지워질까 봐 변변히 물이나 음식도 먹지 못했다. 다음 컷을 찍기 위해 대기하면서 바닥에 주저앉은 보조 출연자들은 자기들끼리 수군수군 대화를 나눴다.

"밥은 대체 언제 먹는 거야?"

"밥을 주기나 하려나. 아까 분장 지워진다고 물도 못 마시게 했잖아."

"소리는 계속 질러야 할 텐데, 배고파서 소리가 나와야 말이지."

"대충 지르는 척만 해. 소리야 어차피 나중에 후시 따겠지."

"그러겠지? 아니, 근데 저 양반은 얼굴이 왜 저 모양이야?"

"네? 저요?"

용훈은 갑자기 사람들의 시선이 쏠리자 화들짝 놀라며 자리에서 일어났다.

"제가 오는 길에 사고가 나서 늦어가지고……. 분장을 못 받고 직접 했거든요."

"그래가지고 어디 한 컷이나 나오겠어? 용쓰네."

뒤통수에 커다랗게 구멍이 난 보조 출연자가 껄껄 웃으며 말했다.

"우리 옆에 있지 말고 저쪽에 가서 서요. 괜히 옆에 있다가 나까지 잘려나가지."

"죄송합니다."

용훈은 고개를 꾸벅 숙여 보인 뒤 뒤쪽으로 갔다. 그러고는 바닥에 주저앉아 손에 침을 퉤퉤 뱉었다. 그대로 손바닥에 흙을 묻혀 얼굴과 목, 머리카락에 쓱쓱 발랐다. 어느새 분장 수정이 끝났는지 카메라들이 자리를 잡기 시작했다.

"좀비들 일어나세요. 한 번 더 갑니다!"

배고픈 좀비들이 끙 소리를 내며 자리에서 일어났다. 용훈도 되는대로 흙을 문지르고는 자리에서 벌떡 일어났다. 얼굴이 어떻게 되었는지 확인할 새도 없었다. 그저 촬영이 무사히 끝나기만을 바랄 뿐이었다. 감독의 사인과 함께 누군가의 허기진 배 속에서 우렁차게 꼬르륵거리는 소리가 울렸다.

"액션!"

*

"야, 잠깐만. 멈춰봐, 멈춰봐."

"왜?"

"방금 뭔가 이상한 게…… 잠깐만."

침대 위에 한 벌의 수저처럼 남자와 포개져 누워 있던 여자가 벌떡 몸을 일으켰다. 여자는 노트북에서 재생되던 영화를 멈추더니 10초 앞으로 화면을 돌렸다.

"왜 그래, 잘 보고 있는데."

"야야야야, 이거 봐봐."

"뭔데?"

"그래, 여기!"

잠시 뒤 두 사람은 침대 위로 벌렁 넘어지며 깔깔대기 시작했다. 그 반동으로 침대 귀퉁이에 놓여 있던 과자 봉지에서 가루가 사방으로 튀었다.

"개웃겨. 뭐냐, 이거?"

"이 사람 무슨 이스터 에그 그런 건가?"

"일단 캡처해봐."

모니터에서 찰칵하는 셔터음이 울리더니 일시 정지된 영화 장면이 이미지 파일로 저장되었다. 두 사람이 깔깔대며 들여다보는 화면 구석에서 파란 얼굴이 선명하게 두드러졌다. 새파란 얼굴에 좀비답지 않게 새하얀 건치를 드러내고 짤따란 양팔을 허우적거리는 용훈의 모습이었다.

"이 사람만 왜 이래? 이거 사고 아니야?"

"그러게. 이 정도면 의도한 거 아닐까. 만드는 사람들이 이

걸 모를 수가 있나."

"몰랐을 리가 있겠냐. 우리가 찾을 정도면 진작 알았겠지."

"근데 왜 이런 걸 넣었지? 이거 공포 영화잖아."

"알 게 뭐야. 감독의 의도 아니면 그냥 망한 거겠지. 그나저나 이거 언제 개봉했지?"

"어제 개봉했을걸."

"뭐야, 무슨 파일이 다음 날 바로 뜨냐."

"네가 다운받은 주제에 뭐래."

"네가 보자며."

"그나저나 이거 어떡하지? 대박 짤 주운 거 같은데."

"일단 애들한테 보여주자. 우리도 어디서 받은 것처럼 해서. 이건 인간적으로 공유해야 해."

"너 천재지?"

둘은 동시에 몸을 일으켜 책상 앞에 나란히 앉았다. 남자가 이미지 편집 프로그램을 켜면서 동시에 인터넷 창을 열었다. 그러곤 회원 수가 수십만에 이르는 커뮤니티의 유머게시판에 들어갔다.

"너무 잘 만들면 안 돼. 대충대충 막 올린 것처럼. 알지?"

"너 진짜 이쪽으로만 머리가 잘 돌아가는구나?"

남자는 한 게시 글의 양식을 그대로 베껴 레이아웃을 만들었다. 그러고는 아까 저장한 영화 장면을 불러와 한가운데에 넣고 제목을 써넣었다.

지금 상영 중 좀비 영화 이스터 에그 발견.

완성된 페이지를 이미지로 저장하니, 완벽하게 인터넷 유머 게시판에 올라온 글을 캡처한 화면 이미지가 완성되었다.

"이걸로 공유하면 우리도 어디서 퍼온 것처럼 되는 거지."

"이런 걸 액자식 구성이라고 하나?"

두 사람은 낄낄거리며 저장한 이미지를 핸드폰으로 내려받았다. 그러고는 각자가 포함된 단체 대화방에 그 이미지를 올리기 시작했다. 어차피 수십 명이 모인 단체 대화방 특성상 누가 올렸는지도 잘 모를 게 뻔했다. 금세 대화 창에는 웃음 표시가 난무했다.

"너 어디 어디 올렸어?"

"나? 동기 단톡방. 여기 40명 정도 있어."

"나는 우리 마라톤 동호회 단톡방."

"몇 명 있는데?"

"60명 좀 넘어."

"헐, 대박."

"그럼 지금 당장 100명은 넘게 보겠다."

"이거 페북에 올라가면 대박인데. 누가 대신 올려주면 좋겠다."

이윽고 두 사람은 나란히 침대에 누워 천장을 바라보며 최초 발견자로서의 만족감을 만끽했다. 그러다가도 눈이 마주치면 키득거리는 웃음이 절로 새어 나왔다.

*

용훈은 컴퓨터 앞에 앉아 오랜만에 프로필을 수정했다. 제일 먼저 최근에 개봉한 좀비 영화를 경력 사항에 추가했다. 그때 용훈의 핸드폰이 울리더니 화면에 '진기'라는 이름이 떴다. 용훈은 냉큼 전화를 받았다.

"야! 똥손 좀비!"

"네? 그게 무슨?"

"인터넷도 안 하냐? 너 지금 난리 났다. 똥손 좀비라고."

"똥손 좀비요? 그게 뭐지?"

"끊어봐. 내가 카톡으로 보내줄게. 대박 웃겨. 이게 이렇게 나올 줄 누가 알았겠냐."

"뭔지 모르겠지만 좋은 건가요?"

"대박이라니까. 우리 인생에 이렇게 주목받을 일이 또 있겠냐. 암튼 끊어봐. 보내줄게."

"네, 감사합니다."

용훈은 어리둥절한 상태로 전화를 끊고는 메시지를 기다렸다. 알림이 울리자 바로 핸드폰을 확인했다. 용훈은 진기가 보낸 이미지 몇 개를 순서대로 열어보고 깜짝 놀랐다. 어느 게시 글을 캡처한 것으로 보이는 이미지에는 좀비로 분장한 용훈의 얼굴이 크게 확대되어 있었다. 그 밑에 댓글로 '역대급 똥손 분장', '스머프 좀비', '똥손 좀비' 등 온갖 별명이 신나게 따라붙었다. 용훈은 굳은 표정으로 핸드폰을 내려놓고 포털 사이트 검색창에 영화 제목을 쳐봤다. 연관 검색어로 '똥손 좀비'가 제일 먼저 나왔다. 첫 번째 검색 결과를 클릭해보니 바로 캡처된 이미지의 게시 글이 떴다. 아까 본 이미지 아래로 그사이 댓글이 몇 페이지나 늘어 있었다. 용훈은 고개를 갸웃거리며 개봉 날짜를 확인했다. 그제 개봉한 게 맞았다. 도대체 지금 극장에서 상영 중인 영화가 어떻게 파일로 유출된 건지 알 수 없었지만 어쨌든 자신이 맞았다. 좀비 떼 신에서 용훈이 간신히 끄트머리에 걸린 몇 초간의 장면이 연속으로 캡처되어 유머 짤로 돌고 있었다.

용훈은 한동안 그 이미지를 들여다보았다. 얼굴을 잔뜩 일그러뜨리고 한쪽 어깨를 축 늘어뜨린 채 성난 듯 포효하는 얼굴은 자못 진지했다. 연기를 운운하기는 민망한 수준이었지만 그 순간만은 제 역할에 충실했다고 자부할 수 있었다. 다만 고개를 돌려 주변 좀비들을 살펴보고 있자니 얼굴이 화끈거렸다. 특수 분장이 잘된 좀비들 사이에서 새파란 얼굴을 내민 채 뻔뻔하게 좀비 연기를 펼치는 용훈의 모습은 입체 영상처럼 부각되어 보였다. 어느 틈에 화면 끄트머리에 걸린 용훈의 얼굴만 잘라내 확대한 동영상 파일도 올라와 있었다. 게시 글 제목은 '똥손 좀비 열연 영상'이었는데, 몇 분 사이에 조회 수가 만 건을 넘어섰다. 어느새 용훈의 별명은 '똥손 좀비'로 정해진 모양이었다. 용훈은 프로필 작업 창을 끄고 유머 게시판의 댓글을 읽기 시작했다. 온통 자음 일색인 댓글 사이에서 추천 수가 많은 글 하나가 눈에 띄었다.

아는 형이 여기에 좀비 엑스트라로 나왔다고 해서 물어보니까 똥손 좀비랑 같이 일 많이 했다고 인스타 계정 알려줌.

댓글 끄트머리에 놀랍게도 용훈의 인스타그램 아이디가 적혀 있었다. 용훈은 다급히 핸드폰을 찾아 쥐었다. 인스타그램 창을 여는 그의 손이 벌벌 떨렸다. 평소에 두 자릿수였던 팔로워가 천 단위로 늘어나 있었다. 몇 개월 전 촬영장에서 찍어 올렸던 발 사진에는 댓글이 수백 개나 달려 있었다.

흙바닥 위 낡은 운동화를 찍은 사진이었다. 촬영 현장은 절대로 노출하면 안 되기에 용훈은 매번 현장에 내디딘 자신의 발 사진을 찍어 올리곤 했다. 그 사진 아래에 '성지순례 왔습니다', '여기가 그 유명한 똥손 좀비 계정인가요', '제발 본인인지 말 좀 해주세요', '메이크업 어디서 배우셨나요' 등 사람들의 관심이 넘쳐나고 있었다. 쪽지함도 한바탕 난리였다. 어찌 알았는지 신문, 잡지의 기자들까지 애타게 용훈을 찾고 있었다.

그때 부르르 핸드폰이 울렸다. 용훈이 몇 년 전부터 소속되어 있는 보조 출연 매니지먼트 사무실 실장이었다.

"야! 지금 난리 난 거 봤어, 안 봤어!"

"네, 실장님. 방금 진기 형한테 연락 와서 보고 있었어요."

"너 그날 저기 있었어? 일지에는 없던데."

"그날 제가 늦게 도착해서요. 실장님은 먼저 가셨던 거 같아요."

"지금 제작사에서 전화 오고 난리 났어. 어떡할래?"

"네? 제가 뭘 어떻게……."

"일단 회사로 들어와. 저 날 일당도 못 받았을 거 아니야."

"그건 제가 늦었으니까요."

"됐고. 일단 빨리 들어와봐."

"네, 알겠습니다."

용훈은 전화를 끊고 깊게 한숨을 내쉬었다. 그러곤 모자를 찾아 쓰더니 방을 나섰다.

*

"연예인이냐? 웬 모자는 푹 뒤집어썼어."

"머리를 못 감아서……."

사무실에 도착한 용훈은 머쓱해하며 모자를 벗고 소파에 앉았다. 40대 후반인 실장은 일일 드라마에 조연으로 출연한 적이 있는 사람이었다. 그는 말끝마다 '나도 배우 출신이라 하는 소린데' 운운하며 일당 지급은 지연되기 일쑤였지만 용훈은 언제나 그를 깍듯하게 대했다. 맞은편에 앉은 실장이 테이블 위에 봉투를 올려놓았다.

"뭐예요?"

"이거 저기 나온 출연료. 너 인마 이제 언론 타게 생겼는데 출연료도 못 받고 찍었다고 하면 우리가 뭐가 되겠냐."

"아니, 저는 괜찮은데……."

"잔말 말고 받아. 이 자식아, 일을 했으면 했다고 말을 해야지. 너 같은 애들 때문에 우리같이 양심적인 매니지먼트 회사까지 돈도 안 주고 사람 굴린다고 욕먹는 거 아니야."

"죄송합니다."

"됐고. 이제 어떡할래?"

"뭘……."

"아까 제작사에서 전화 왔어. 거기서는 차라리 잘됐다고 하더라."

"잘돼요? 뭐가요?"

"이거 쫄딱 말아먹었잖아. 기자 시사 때부터 폭망이라고 입소문 나서 안 좋은 얘기 더 퍼지기 전에 얼른 IPTV로 넘기자고 하던 타이밍에 네 덕분에 기사회생하게 생겼다니까. 지금 아예 B급 콘셉트로 밀어보자느니, 컬트 영화로 SNS 마케팅을 해보자느니 난리야. 그래서 우선 너부터 만나게 해달라고 하더라고."

"예? 저를 왜요?"

"아주 대놓고 가자는 거지. 네 얘기를 팔아가지고 예능으로 풀어가겠다는 거야."

"저는 할 얘기가 없는데……."

"그건 알아서 만들어주겠지. 그쪽으로 빠삭한 분들인데, 안 그러냐?"

용훈이 말없이 고개를 수그리자 실장은 답답하다는 듯 혀를 찼다.

“이 새끼가 지금 로또 된 것도 모르고……. 이런 기회가 날이면 날마다 오는 줄 알아. 잘해. 아무튼 그거는 알아야 해. 너는 우리 사무실 소속이고 앞으로 어느 방송에 나가든 출연료는 반띵, 수수료는 원래 떼던 대로. 알지?”

“네, 그건 알죠.”

“알았으면 가봐. 내일 미팅 잡혔으니까 아침 일찍 나오고.”

“어디 가는데요?”

“어디긴 어디야, 방송국이지.”

용훈은 주춤주춤 자리에서 일어나더니 공손하게 허리를 접어 인사했다. 그러곤 다시 모자를 푹 눌러쓰고는 사무실을 빠져나갔다. 실장은 피곤한 듯 자리에서 손만 휘휘 내젓다가 용훈이 나가자마자 소파에 길게 드러누웠다.

“저 자식, 어리바리해가지고 뒤로 걷다가 소 때려잡게 생겼네. 아무튼 이 바닥은 알다가도 모르겠다.”

*

“지금 너무 긴장하신 거 같은데, 그러지 마세요. 저희 나쁜 사람들 아닙니다."

"죄송합니다. 제가 방송은 처음이라서……."

"연기하실 때랑은 너무 다르시네요."

"그건 연기니까요."

"지금 이것도 연기죠. 저희도 다 친한 척 연기하는 겁니다."

녹화가 진행 중인 스튜디오에서 네 명의 남자 엠시들이 뻣뻣하게 굳어버린 용훈에게 열심히 말을 걸며 긴장을 풀어주려 애썼다. 용훈은 좀비 영화의 주연이었던 남녀 배우와 나란히 앉아 있었다. 촬영장에서는 먼발치에서만 볼 수 있었던 배우 초이가 바로 옆에 있어서 용훈은 잔뜩 몸을 옹송그린 채 앞만 바라보았다.

"용훈 씨, 지금 초이 씨 때문에 더 긴장하시는 거죠?"

"촬영장에서 많이 보셨을 텐데, 왜?"

"멀리서는 뵌 적이 있는데, 이렇게 가까이에서는 처음이에요."

"초이 씨 너무 아름답죠? 고개 돌려서 제대로 한번 보세요."

"그래요. 저 좀 봐주세요, 용훈 씨."

초이가 말을 걸자 용훈은 화들짝 놀라며 긴장한 표정을

숨기지 못했다.

"안 봐주시네. 그럼 제가 한번 볼까요?"

초이가 고개를 쑥 내밀어 용훈 앞에 얼굴을 들이밀자, 용훈은 움찔하며 몸을 뒤로 빼다가 소파에 드러누울 지경이 되었다.

"어우, 이거 방송 사고 나겠는데요?"

"우리 용훈 씨가 방송 사고 전문 배우시니까. 저희도 뭐 예상은 하고 있습니다."

"죄, 죄송합니다."

"죄송하실 거 없어요, 용훈 씨. 그나저나 촬영 당일에 어떻게 그런 모습으로 카메라 앞에 서게 되신 건지 비하인드 스토리를 들어보고 싶은데요."

"그러니까요. 다른 좀비분들은 멀쩡하시던데, 어떻게 용훈 씨만 그렇게 파랗게 되신 거예요?"

방청객들이 깔깔거리며 웃자 용훈은 얼굴이 빨개진 상태로 말을 하기 시작했다.

"그날 제가 전철을 타고 촬영장으로 가고 있었거든요. 그런데 서울에는 대부분 스크린 도어가 설치되어 있는데, 수도권 쪽은 스크린 도어가 없는 역들이 많잖아요."

"그래요? 그건 몰랐네."

"당연히 모르시겠지. 당신은 매니저가 모는 차만 타고 다니시는데."

"그러는 당신은 최저 시급이 얼만지나 알고 나한테 그러시나?"

"아니, 내가 뭐 국회의원 선거 나갈 사람도 아니고."

"누가 알아? 앞으로 나갈지."

용훈은 언제쯤 말을 이어나가야 할지 눈치를 살폈다.

"그, 그런데요."

"아, 용훈 씨 얘기 들어봐야지. 죄송합니다."

"그러게. 어렵게 모신 분인데, 저희가 엠시 병이 도졌네요. 그래서 스크린 도어 얘기가 왜 나온 거죠?"

"촬영장이 노선 끝까지 가야 하는 데라서 제가 전철을 타고 한참 가고 있었거든요."

"보통 촬영장이 외곽에 있죠."

"네, 그런데 어느 역인지 말씀드려도 되나요?"

용훈이 고개를 돌리자 조연출이 손으로 안 된다는 표시를 했다.

"그게 그러니까 거의 끝 쪽에 있는 역에서 인명 사고가 발생한 거예요."

"어머, 혹시?"

"네. 자살인 것 같았어요."

초이가 잘게 몸서리치며 용훈 쪽으로 몸을 기울였다. 엠시들은 이야기에 잠시 공백이 생기자 또다시 자기들끼리 떠들기 시작했다.

"자살하시는 분들도 사정은 딱하지만, 그런 공공장소에서는 그러지 말았으면 좋겠어요. 아니, 기관사분들은 무슨 잘못이에요. 그거 때문에 트라우마 겪는 분들도 있다던데."

"오죽하면 그러시겠어요? 그 판국에 남들 배려하면서 자리 알아볼 여력이 있겠냐고요."

"그래도 그게 웬 민폐입니까. 까놓고 말해서 우리 대한민국이 자살률 1위입니다. 쓴소리 같지만 이제는 이런 얘기도 해볼 때가 되지 않았냐는 거죠. 산 사람은 또 살아야 하는데, 너무 이기적인 방식이 아닌가……. 처벌 규정을 마련해서 다른 사람에게 피해를 주는 경우는 규제해야 그런 사례가 줄지 않겠어요?"

"치울 땐 어떻게 치운다든지?"

"그렇죠. 그런 시스템 얘기까지 나와야 할 정도가 아니냐는 겁니다, 이제는!"

"이분 정말 국회의원 나가시는 거 아닌가 몰라."

"진짜 이제는 그쪽으로 생각을 굳혀야 하나?"

풍채가 좋은 엠시가 너털웃음을 짓자 방청객들도 따라 웃었다. 다소 썰렁해진 분위기를 만회하려는 듯 스태프가 '대폭소'라고 쓰인 스케치북을 치켜들자 웃음소리는 점점 커졌다. 용훈은 언제 다시 말을 이어가야 하나 눈치를 보며 조마조마하게 엠시들이 주거니 받거니 하는 것을 지켜보았다. 그때 테이블 밑에서 누군가가 용훈의 무릎을 톡톡 건드렸다. 깜짝 놀란 용훈이 고개를 돌리자 긴장을 풀어주려는 듯 초이가 웃으며 눈을 찡긋거렸다. 용훈은 잠시 넋을 놓고 초이를 바라보았다.

*

공중파 예능 프로그램에 출연한 이후 용훈의 삶은 더더욱 정신없이 흘러갔다. 휴먼 다큐멘터리 프로그램에서 보조 출연 일을 하는 용훈의 일주일을 내내 따라붙어 찍기도 했고, 변비약 모델 제의가 들어와 광고를 찍기도 했다. 용훈은 얼굴에 파란 분칠을 하고 변비약을 한 손에 든 채 '내 손은 똥손! 그래도 내 장은 깨끗!'이라고 외쳤다. 핼러윈 데이에 수많은 사람들이 똥손 좀비 분장을 한 채 거리를 돌아다녀 뉴스에 보도되기도 했고, 유명 유튜버들이 앞다투어 '똥손 메이크업' 특집을 만들어 용훈과 함께 방송을 했다. 이런저런 행사에도 불려 다니다 보니 어느새 적지 않은 돈이 모였다.

지난 10년간 연기자를 꿈꾸며 생계를 꾸리는 데 급급하던 시기에 견주면 용훈은 어느 때보다 안정적이고 부유했다. 사무실에서는 방송과 행사 위주로 스케줄을 잡아줬고, 부득이하게 스케줄이 겹칠 땐 일일 매니저와 차량을 제공하기도 했다. 물론 출연료를 정산할 때 보니 그 비용도 빠짐없이 청구되어 있기에 용훈은 되도록 대중교통을 이용했다. 하지만 아무리 모자를 푹 눌러쓴 채 등을 돌리고 서 있어도 사람들은 용케 용훈을 알아봤다. 처음에는 다른 승객에게 민폐를 끼칠까 봐 번번이 거절했지만, 면전에서 건방지다는 소리를 듣고 난 뒤에는 순순히 셀카 촬영에 응했다. 무조건 서민적이고 순해빠진 이미지로 간다는 사무실의 단호한 지시도 무시할 수 없었다.

그즈음 용훈은 지하철역 근처에서 라이브 방송을 하던 유튜버와 우연히 마주쳤다. 그는 방송 중에 뜨는 댓글을 읽고 즉석 챌린지를 하는 것으로 유명했다. 그날 용훈을 발견한 시청자들은 댓글 창에 '똥손 좀비 하루 종일 마크하기', '즉흥 2인극 지금부터 시작', '똥손 좀비 집 공개' 등 챌린지 과제를 신나게 요구하기 시작했다. 자신을 알아본 시청자들에게 감사 인사를 남기고 예정대로 지하철을 타려던 용훈은 객차 안까지 따라온 유튜버에게 곤란한 내색을 비쳤다. 그러자 그는 용훈을 연예인 병이라고 비난하기 시작했다. 점점 소란스러워지는 상황을 지켜보던 한 승객이 촬영을 중단해줄 것을 요구하자 그는 자기 일을 무시하지 말라며 격앙된 목소리로 따졌다. 결국 승객들의 신고로 두 사람은 다음 역에서 기다리고 있던 역무원에게 끌려나갔고, 시청자들은 이를 실시간으로 관전하며 이곳저곳으로 영상을 퍼다 날랐다. 동영상 속에서 용훈은 안절부절못하며 여기저기에 꾸벅거렸지만 게시 글 제목은 '똥손 좀비, 충격의 난투 영상'이었다. 댓글에는 촬영을 강행한 유튜버가 경우 없거나 지나치다는 지적이 많았지만, 사이사이에 똥손 좀비를 비난하는 내용도 적지 않았다. '똥손 좀비가 원흉이네.' '벌 만큼 벌었을 텐데 무슨 지하철이야. 서민 코스프레냐.' '똥손 좀비, 다 설정이래. 실제로는 싸가지 없기로 유명하다던데.' 용훈으로서는 읽기만 해도 가슴이 쿵쾅거리는 내용이었다. 그렇지만 사무실에서는 다소 시들해지던 화제성에 다시 불을 지폈다며 되레 반기는 눈치였다.

용훈은 똥손 좀비로 방송을 탄 뒤로는 프로그램을 위해 따로 스케줄을 빼서 간 것 외에는 현장에 나간 적이 없었다.

그나마 개그 프로그램에 스페셜 게스트로 출연했을 때 보조 출연자 역할을 맡은 게 전부였다. 코너명은 '죽어야 사는 똥손 좀비'였는데, 보조 출연자로 일하는 똥손 좀비가 어떻게 해도 촬영 현장에서 죽기만 한다는 설정이었다. 똥손 좀비로 분장한 용훈은 이불을 털다가 베란다에서 떨어져 죽고, 뻥튀기를 먹다가 기도가 막혀서 죽고, 바느질을 하다가 바늘에 찔려 과다 출혈로 죽었다. 용훈은 진지하게 연기를 하면서도 내내 가슴이 답답했지만, 자신이 죽을 때마다 방청객들이 숨넘어갈 듯 웃는 것이 그나마 위안이 되었다.

용훈은 가끔 현장의 공기를 떠올렸다. 지루한 대기, 기약 없는 스탠바이, 그럼에도 바삐 오가는 스태프들 사이에서 느끼던 안도감……. 현장에 발길을 끊은 건 용훈만이 아니었다. 사무실에서는 좀비 영화 촬영장의 전후 사정을 들은 뒤 진기에게 '똥손 마스터'라는 별칭을 만들어줬다. 그러곤 용훈이 바빠서 가지 못하는 지방 행사나 지역 채널에 진기를 출연시켰다. 그날 진기의 도움을 받은 것은 사실이었으나, 어느새 진기가 직접 용훈의 분장을 해줬다는 식으로 기사가 나왔다. 원래 현장에서 알은체하는 게 전부인 사이였지만, 그 뒤로 두 사람의 관계는 한층 어색해졌다. 사무실에서 만나도 말없이 서로 고개를 숙여 보이는 게 다였다. 어느 날 그런 진기로부터 전화가 걸려왔다.

"똥손 좀비, 형이다."

"형, 웬일이세요?"

우리 사이에 무슨 일이 있어야만 통화하느냐며 묻지도 않은 근황을 줄줄이 늘어놓던 진기가 한참 뜸을 들인 뒤 용건을 꺼냈다.

"너 대본은 받았냐?"

"네? 무슨 대본이요?"

"아직 회사에서 통보가 안 갔나 보네. 나는 이제 조건만 협의하면 되는데……. 그래도 너랑 나랑 투 톱인데 계약하기 전에 입을 좀 맞춰놔야 하지 않겠냐?"

"무슨 말씀이세요, 투 톱이요?"

"이번에 우리 얘기로 장편 하나 들어왔잖아. 뭐 10억짜리 저예산이긴 한데, 그래도 잘만 살리면 대작 하나 나오는 거지. 알 파치노는 뭐 처음부터 「대부」로 시작했겠냐. 다 그렇게 만들어가는 거지."

"전 정말 들은 게 없어서요. 우리 얘기란 게 뭔지……."

"그거지 뭐. 똥손 좀비와 그의 마스터. 꿈을 향해 질주하는 두 젊은이, 갑자기 시대의 아이콘이 되다. 그들의 영광과 방황, 성공과 추락."

"다짜고짜 그런 걸……. 전 아직 경험도 부족하고 발성도 형편없는데요."

"야, 똥손 좀비!"

"네?"

"넌 나한테까지 설정이냐? 방송을 그렇게 탄 놈이 아직도 그런 소릴 하고 있어? 나니까 들어주지, 어디 가서 그러면 욕먹는다."

"하지만 현장 경험도 더 쌓고 싶고요. 그리고 제 얘기가 사실과 다르게 만들어지는 것도 좀 그렇고요."

"사실? 무슨 개소리야? 너 지금 내가 서브 캐릭터로 방송 좀 탄다고 아니꼽다는 거냐?"

"아니, 그런 게 아니라……."

"야, 사무실에서 너 빼려고 할 때마다 열심히 하는 애라고 설득해서 현장이나마 뛸 수 있게 해준 게 나야. 이런 얘기까진 안 하려고 했는데……. 그날 분장에 내 역할이 결정적이었던 건 잊었냐? 그렇게 파랗기만 해서는 카메라 켜지면 보이지도 않아. 검댕이 뒤에서 받쳐주니까 네가 눈에 띈 거지."

"그건 감사한데요. 그래도……."

"뭘 그래도야. 떴다고 눈에 뵈는 게 없냐? 네가 잘해서 뜬 거 같아? 똥손 좀비 하나로 언제까지 해먹을 거 같은데."

진기의 말이 끝나자 침묵이 흘렀다. 용훈은 전화기 너머에서 들려오는 격앙된 숨소리에 귀를 기울이며 생각에 잠겼다. 이윽고 진기가 처음처럼 살가운 목소리로 말을 붙였다.

"그러지 말고 다시 생각해봐. 내가 친동생 같아서 이런다. 얼른 캐릭터 갈아타지 않으면 얼마 못 간다니까. 이런 기회는 진짜 평생 한 번이라고. 아니다, 전화로 이러지 말고 당장 술 한잔하면서 얘기하자. 어디야?"

"제가 스케줄이 있어서 바로 나가봐야 해요. 술은 나중에……."

"그래, 네가 요즘 좀 바쁘냐. 알았어. 조만간 시간 빌 때 꼭 한잔하자. 그때까진 결정 보류하고."

몇 번이나 신신당부한 끝에 전화를 끊자마자 진기는 메시지를 보내왔다.

바로 연락해라. 형이랑 허심탄회하게 얘기 좀 하자.

*

'「말할 수 없는 날」 조연 오디션'이라고 쓰인 종이가 연기학원 연습실 문 앞에 붙어 있었다. 마땅히 오디션 장소를 찾지 못한 독립 영화 제작 팀이 연습실을 빌려 쓰는 모양이었다.

용훈은 좁은 복도를 오가며 대사를 외느라 여념이 없는 사람들 사이에서 프로필을 한 손에 들고 모자를 푹 눌러쓴 채 서 있었다.

"최용훈 님, 들어오세요."

좁은 방 중앙에 접이식 의자가 놓여 있고, 맞은편 책상에 조감독과 연출부 스태프가 앉아 오디션을 진행했다. 두 사람은 용훈이 들어섰는데도 눈길 한번 주지 않고 서류를 들여다보며 쑥덕거리기에 바빴다. 용훈은 알아서 책상 위에 프로필을 올려두고 의자에 앉았다. 그제야 조감독이 용훈의 프로필을 훑었고, 연출부 스태프는 핸드폰 카메라로 촬영 준비를 했다.

"프로필이 되게 간단하시네요? 연기한 지 얼마나 되셨어요?"

"연기한 지는 10년쯤 됐지만, 대부분 보출 경력입니다."

"모자 좀 벗어보세요."

용훈이 모자를 벗고 어색한 듯 몇 번이고 머리를 쓸어 올렸다. 그때 핸드폰 카메라로 영상을 찍던 스태프가 외마디 소리를 질렀다.

"조감독님! 이분 유명한 분이잖아요."

스태프가 의아해하는 조감독에게 다가가 귀에 대고 속삭

였다. 용훈은 스태프의 입술에서 '똥손 좀비'라는 네 글자를 읽어낼 수 있었다. 순간 꽉 쥔 주먹에서 땀이 배어 나왔다.

"저 초이랑 방송 나오신 거 잘 봤어요. 근데 요즘 잘나가시는 분이 왜……. 이번 역할은 작은 건데."

"……없어서요."

"네? 뭐라고요?"

"일이 없어서요."

"무슨 말씀이세요? 요즘 텔레비전만 틀면 나오시는 분이."

"저는 보출 일이 하고 싶은데, 그런 일이 없어서요."

"보출 일이요?"

"네."

"아니, 선생님. 저기 밖에 앉아 계시는 분들이 들으면 그야말로 좀비 떼처럼 달려와서 물어뜯겠습니다."

"네? 왜요?"

"막말로 보출이 선생님 자리까지 올라가기가 어디 쉽답니까. 로또나 다름없이 한 방에 뜬 분이 이런 자리까지 노리시면 어쩐답니까. 사람마다 다 자기 밥그릇이 있는 건데 상도덕이 부족하시네."

"근데 저는 올라가고 싶은 게 아니라서요."

"저희야 선생님이 나와주시면 좋죠. 재밌죠. 근데 이번 역할이 어떤 건지 알고 오신 거죠? 이게 말이 좋아 조연이지, 실어증에 걸린 역할이라 대사 한 줄 없습니다."

"그런 건 상관없습니다."

용훈이 단호한 어투로 힘주어 말하자 조감독과 스태프는 머리를 맞대고 상황 정리에 나섰다.

"조감독님. 연기야 도긴개긴인데 그냥 가시죠. 똥손 좀비의 색다른 변신 어쩌고 하면서 기사 좀 받으면 제작비 지원도 더 받을 수 있을 테고."

"네 생각도 그러냐. 근데 밖에 있는 사람들이 신경 쓰여가지고……. 바로 끝내기는 뭐하니까 네가 대충 찍는 척하면서 짧게 짧게 쳐내. 난 먼저 들어가서 감독님한테 보고 올릴게."

"그럼 한 명만 더 붙여주세요. 혼자서는 다 못 해요."

"알았어. 제작부 아무나 불러다 앉혀."

조감독이 괜히 바지를 툭툭 털며 자리에서 일어났다. 고개를 수그리고 있던 용훈도 덩달아 일어섰다. 조감독은 성큼성큼 다가와 용훈에게 악수를 청했다.

"선생님, 잘 부탁드립니다. 오늘 선생님이 보여주신 열의에 저희가 감동했습니다. 알다시피 독립 영화라 돈은 부족하지만 저희가 열정이 없습니까, 능력이 없습니까. 다 환경이 이렇게 발목을 잡는 거죠. 그런 의미에서 선생님이나 저희나 매한가지인 셈입니다. 바로 감독님께 말씀드려서 오늘 아예 미팅을 이어가시죠. 다행히 시나리오가 아직 다 나온 게 아니라서 여차하면 선생님 역할을 확 다르게 잡아볼 수도 있을 테니까요. 저희 영화가 실어증 상태에 빠진 이 사회의 착취 구조를 고발하는 건데, 그걸 은유적으로 바라봐서 좀비물로 바꿔본다든지……."

"좀비물이요?"

용훈은 깜짝 놀라며 맞잡고 있던 손을 떨어뜨렸다. 조감독이 눈을 찡긋거리며 용훈의 어깨를 팡팡 두드렸다. 힘없이 늘어진 용훈의 몸이 종이 인형처럼 팔랑거렸다.

"예술도 좋지만 영화는 역시 대중성이 있어야 하지 않겠습니까. 우리 같이 물 들어올 때 노 저어봅시다. 영차영차!"

조감독이 노 젓는 시늉을 하자 뒤쪽에 앉아 있던 스태프가 벌떡 일어나더니 두 팔을 힘껏 뻗으며 외쳤다.

"똥손 좀비 파이팅! 「말할 수 없는 날」도 파이팅! 입봉하자! 대박 나자!"

복도에서 차례를 기다리던 사람들이 방 안에서 들려오는 소란스러운 소리에 귀를 쫑긋 기울였다.

*

"야, 이 새끼야! 누구 맘대로 독립 영화야!"

실장이 두꺼운 대본집을 테이블 위로 집어 던지며 소리를 질렀다. 얼마 전 오디션을 보러 갔던 영화 제작 팀에서 사무실로 대본과 계약서를 보내온 모양이었다. 실장 옆에서 진기가 굳은 표정으로 팔짱을 끼고 용훈을 노려봤다.

"형이 보낸 문자는 읽었냐?"

용훈은 죄인처럼 고개를 푹 수그렸다.

"너희 둘 엮어서 장편 태우려고 내가 이래저래 얼마나 개고생한 줄 알아? 거기에 보답은 못할망정 어디서 수작질이야?"

"형님 노고야 어디 가늠할 수조차 있겠습니까. 그래도 너무 흥분 마시고 대화로 풀어나가시죠."

진기가 에너지 음료의 뚜껑을 돌려 실장에게 공손히 내밀었다. 실장은 분이 가시지 않는 듯 씩씩대며 음료를 들이켰다.

"툭 까놓고 얘기해서 너랑 나랑 전우가 아니면 뭐냐. 밤새 궁궐 보초도 같이 서고, 전쟁터에서 나란히 총알받이로 누워서 해 뜨는 거 보고, 불가마에서 땀구멍까지 막아주던 사이 아니냐. 형한테 허심탄회하게 얘기 못 할 게 뭐가 있어."

진기가 한층 나긋해진 목소리로 둘의 추억을 열거하자 용훈은 한결 마음이 놓였다.

"형, 저는 그릇이 안 돼요."

"그게 무슨 소리야."

"저는 주인공 그릇이 안 되는 것 같아요. 그렇지만 형은 잘하실 수 있을 거고 잘되실 거예요."

실장이 끌끌 혀를 차며 끼어들었다.

"얼씨구. 그럼 얘 혼자 나가리? 이 자식이 아주 면전에 대고 엿을 먹이는구먼."

"그러니까 네가 그릇이 안 되면 형이 끌어주겠다는 말이야. 그냥 형을 믿고 따라와주라."

용훈은 사무실 안 공기가 무겁고 답답하게 느껴졌다. 이렇게 매번 끌려가기만 해서는 더 이상 버틸 수 없을 거라는 생각에 떨리는 마음을 다잡았다.

"왜 꼭 주인공이어야 해요?"

진기가 소파에서 벌떡 일어났다.

"야, 가만히 있으면 뭐 현상 유지라도 되는 줄 알아? 다른 놈들이 다 앞으로 치고 나가는데 가만있으면 결국 너만 뒤처지는 거야!"

진기가 목소리를 높이자 용훈도 격앙된 음성으로 대꾸했다.

"형은 앞으로 가세요. 저는 거꾸로 가도 괜찮다고요. 보출이 얼마나 중요한지 형도 아시잖아요. 영화에 주인공만 나오면 그게 어디 진짜 같나요? 뒤에서 작은 역할들이 움직여줘야 진짜가 되죠. 저는 그게 진짜 의미 있는 일이라고 생각해요."

용훈이 부들부들 떨며 열변을 토하자 실장이 폭소를 터뜨렸다.

"용훈이 이 새끼 알고 보니까 아주 고상한 새끼네. 안 그래?"

진기가 어이없다는 듯 껄껄 웃는 실장 옆에 털썩 주저앉았다. 실장은 웃음기를 싹 지우더니 험악한 표정으로 말을 이었다.

"당장 예능 잡힌 거 하나는 일단 해. 무조건 해라, 이거는."

"그다음은요? 다시 보출 나가도 되나요?"

"이거 하고 다시 얘기해. 너 지금 이렇게 얼굴 팔려서 어디 가도 보출은 못 해. 알아?"

용훈은 가슴이 답답한지 손바닥으로 연신 명치를 쓸어내렸다.

"너 우리랑 5년 계약인 거 알지? 햇수가 아니라 일수로. 지금 너 설득하려는 게 아니라 계약 얘기하는 거야. 정신 똑바로 차리라고."

"그게 무슨 말씀이세요?"

용훈이 당황한 얼굴로 묻자 실장은 매서운 목소리로 덧붙였다.

"계약 불이행으로 뒤집어쓰기 싫으면 알아서 까라고."

*

집 안 여기저기에 설치된 카메라들이 용훈의 일거수일투족을 찍었다. 아침에 일어나 광고의 한 장면처럼 종합비타민제를 입에 털어 넣고 맨손체조를 하는 모습, 간단히 밥을 차려 먹고 설거지를 하며 콧노래를 흥얼거리는 모습, 거울 앞에서 대본을 들고 연습하는 모습……. 평범한 일과가 이어지다 갑자기 초인종이 울렸다. 미리 예정된 상황이 아닌지라 용훈은 냉장고 박스 속에 숨어 있는 피디를 쳐다보았다. 피디는 빨리 나가보라며 무언으로 손짓을 했다. 용훈이 조심스레 현관문을 열어보니 곱게 차려입은 노부부가 문 앞에 서 있었다.

"어떻게 오셨어요?"

용훈의 얼굴을 보자마자 할머니가 울음을 터뜨렸다. 당황한 용훈은 일단 들어오시라며 노부부를 집 안으로 들였다. 할아버지가 연거푸 고개를 숙이며 할머니를 부축해 안으로 들어왔다. 노부부는 주춤거리면서도 용훈에게서 한시도 눈을 떼지 않았다. 집 안에 설치된 카메라나 숨어 있는 스태프들을 의식하지 않는 것으로 보아 촬영 중이라는 걸 알고 있는 듯했다. 용훈은 부엌에서 급히 차를 내왔다. 차를 마신 뒤 진정이 되었는지 할머니는 가방을 열고 액자를 꺼냈다. 액자에는 용훈보다 조금 더 연배가 있어 보이는 남자의 미소 띤 얼굴이 담겨 있었다. 여전히 영문을 몰라 어리둥절한 용훈에게 노부부는 사진 속 남자의 사연을 들려주었다.

서른이 훌쩍 넘어 취미를 가져볼까 하고 들어간 일반인 대상의 뮤지컬 교실에서 남자는 새로운 세계에 눈을 떴다. 뒤늦게 연기자를 꿈꾸게 된 그는 직장을 그만두고 부모와 함께 살던 고향 집을 떠나 홀로 서울에 올라왔다. 인터넷 구인 사이트에서 근근이 보조 출연 일을 찾아 현장에 나가곤 했지만, 그렇게 접할 수 있는 출연 기회는 턱없이 적었다. 그러다가 현장에서 얼굴을 익힌 캐스팅 실장의 소개로 어느 보조 출연 매니지먼트 사무실에 들어가게 되었다. 남자는 소속 사무실이 생긴 것이 그저 기쁘기만 해서 어떤 곳인지 알아볼 생각도 하지 못했다. 그는 현장 일이 없을 때 사무실 일을 도와줄 수 있겠냐는 말에 기꺼이 응할 만큼 의욕에 넘쳤다. 점점 현장에 나가는 날보다 사무실에서 업무를 보는 날이 많아졌다. 쉬는 날 없이 주말에도 출근해 일을 했다. 실장은 남자의 월급도, 출연료 지급도 차일피일 미뤘다. 그렇게 꼬박 한 해를 무급으로 일했다. 남자는 집 보증금을 다 까먹고도 다음 달 월세를 낼 돈이 부족했다. 그가 어쩔 수 없이 손을 벌리자 부모는 연기 일을 그만두고 고향에 내려오라고 설득했지만 남자는 꿈을 포기할 수 없었다. 그 뒤로도 몇 달간 차비만 받고 버티던 남자는 어렵사리 실장에게 밀린 급료를 달라고 이야기를 꺼냈다. '다음'을 기약하던 이야기는 말다툼으로, 말다툼은 급기야 몸싸움으로 번지게 되었다. 그를 괘씸하게 여긴 실장은 얼마 뒤 연이 있던 용역 단체에 의뢰해 남자를 감금, 폭행했다. 그렇게 며칠간 이어진 폭력의 현장에서 겨우 벗어나 집으로 돌아가던 길, 남자는 승강장에서 달려오는 열차를 향해 몸을 던졌다. 용훈이 똥손 좀비로 거듭난 그날 그 역에서였다.

"텔레비전에서 보고 꼭 우리 아들이 원을 푼 거 같더라고."

할머니는 감격스러운 목소리로 몇 번이고 되뇌었다. 옆에서 할아버지가 말없이 고개만 주억거렸다. 용훈은 그들의 손을 부여잡고 울기 시작했다. 마치 어린 시절로 돌아간 것처럼 꺼이꺼이 소리 내어 울었다. 남자의 사진 위로 눈물방울이 쉴 새 없이 떨어져 내렸다. 되레 노부부가 그의 등을 쓸어내리며 위로할 지경이었다. 결국 피디가 모습을 드러내고 용훈에게 말을 걸었지만 소용이 없었다. 그사이에도 카메라는 앵글을 낮춘 채 그가 몸을 떨며 우는 모습을 놓치지 않고 담아냈다. 용훈은 노부부가 돌아간 뒤에도 달팽이처럼 몸을 웅크린 채 한참을 섧게 울었다. 가슴 깊은 데서 끓어오른 듯한 울음소리는 시청자들에게 말보다 더한 말을 전했다.

기세가 한풀 꺾여가던 관찰 예능 프로그램은 압도적인 시청률을 기록했다. 다시 보기 클립이 해당 방송국의 영상 가운데 역대 최고의 조회 수를 기록했고, 유튜브에는 수백 개의 리액션 영상이 올라왔다. 꿈을 노래한다는 내용의 팝송이 덧씌워진 편집 영상은 SNS를 타고 가늠할 수 없는 속도로 퍼져나갔다. 어느새 청와대 게시판에 보조 출연자들의 생계와 대우 개선을 요구하는 청원이 올라왔다. 그 주 시사 프로그램에서 발 빠르게 '인권의 사각지대—보조 출연자 실태'라는 제목으로 해당 사안을 다루면서 화제성을 이어갔다. 한동안 다른 프로그램에 등장하지 않던 용훈은 방송 말미에 인터뷰이로 나서 현장의 실태와 고충을 생생하게 들려줬다. '청년 문제'라는 그의 말 한마디가 패러다임으로 자리하면서 용훈은 그 논의의 중심인물이 되었다.

*

자정이 넘어서도 지겹게 울려대는 핸드폰을 들여다보던 용훈은 전원을 끄고 바닥으로 던져버렸다. 그러곤 소파 위에 길게 누워 텔레비전 화면을 멍하니 쳐다봤다. 케이블 채널에서 철 지난 한국 영화가 흘러나오고 있었다. 화면 상단에 쓰인 제목이 낯설었다. 용훈은 고개를 갸우뚱거리며 화면 속에서 정보를 찾아보았다. 등장인물이 주머니에서 꺼내는 핸드폰 기종을 보아하니 적어도 5년은 지난 영화인 듯했다. 익숙한 얼굴의 주연배우가 상복을 입고 화장터 앞에 서 있었다. 그 옆에서 보조 출연자들이 담배를 문 채 담소를 나누고 있었고, 주인공은 그중 한 사람에게 다가가 불을 빌렸다. 그때 용훈이 벌떡 몸을 일으켰다.

"어?"

용훈은 텔레비전 화면 속으로 들어갈 기세로 한껏 몸을 숙였다. 그가 화면에서 눈을 떼지 못하는 사이에 누군가 주인공을 부르는 소리가 들려왔다. 주인공은 황급히 담배를 바닥에 내던지고 소리가 난 쪽으로 뛰어갔다. 그러자 근처에 있던 사람들이 놀란 얼굴로 그를 쳐다보는 장면이 짧게 스쳐 지나갔다.

영화 말미에 단역 배우들의 이름이 한꺼번에 뭉뚱그려져 빠르게 지나가자 용훈은 급히 핸드폰을 찾아 쥐었다. 하지만 핸드폰을 켜기도 전에 엔딩 크레디트가 끝나버렸다. 용훈은 자리에서 일어나 노트북 앞에 앉았다. 영화 제목을 검색창에 써넣자 다시 보기 사이트가 줄줄이 엮여 나왔다. 간신히 영화를 재생한 용훈은 화장터 장면을 찾아 빠르게 돌려보았다. 그러다가 주인공 옆에서 담배를 피우던 한 무리의 남자들이 화면에 잡힌 순간 정지 버튼을 눌렀다. 화질이 좋지 않아서 남자들의 얼굴은 뿌옇게 번져 보였다. 몇몇은 화면을 등지고 있어 얼굴이 보이지도 않았다. 용훈은 재생과 정지 버튼을 연속해 누르며 화면을 뚫어지게 바라봤다. 같은 장면에서 초 단위로 정지 버튼을 누르다가 마침내 원하는 걸 찾은 듯 손을 멈췄다. 그러곤 화면에 손가락을 갖다 대고 그 위에 몇 번이나 동그라미를 그렸다. 그 안에는 고개를 기울인 채 담배를 발로 비벼 끄는 한 남자가 있었다.

*

"계세요? 어제 전화드린 영화사에서 나왔습니다."

모자를 눌러쓴 남자가 반지하방 문 앞에서 고장 난 듯 울리지 않는 초인종을 몇 번이고 눌러보다 문을 쾅쾅 두드렸다. 안에서 미적미적 인기척이 나더니 둔탁한 소음을 내며 철문이 열렸다.

"안 한다는 걸 왜 여기까지 찾아와서 그래."

안에서 나온 노인이 모자를 벗고 꾸벅 인사를 하는 용훈을 알아보고 놀란 듯 입을 쩍 벌렸다.

"어르신, 저 좀 들어가겠습니다."

용훈이 노인을 슬쩍 밀치며 집 안으로 들어갔다. 노인은 당황한 얼굴로 엉거주춤 따라 들어왔다. 좁은 단칸방을 둘러본 뒤 용훈은 구석에 놓인 상 앞에 자리를 잡고 앉았다. 그러곤 노인을 똑바로 올려다보며 말했다.

"강기남 씨, 이제 거짓말 그만하세요."

노인이 끙 소리를 내며 용훈의 맞은편에 자리를 잡았다.

"나를 어떻게 알고 왔어. 방송국에서 알려줬나?"

"아니요. 제가 찾았어요. 영화에 나오셨던데요."

"영화?"

"네. 새벽에 케이블 채널에서 하더라고요. 「부모의 모든 것」이라고."

"아휴, 뭐에 나왔는지 기억도 안 나. 나이가 드니까……."

용훈이 한숨을 푹 내쉬었다. 그러자 노인이 힐끗 눈치를 살피며 덧붙였다.

"젊어서 그런지 눈썰미도 좋아그래."

"이름 찾아서 검색해보니까 실버 배우 사이트에 등록돼 계셔서 사진이랑 전화번호까지 다 뜨던데요."

"그래서 일부러 찾아왔어? 나한테 따지게?"

"따지려는 건 아니고……."

"따지려면 방송국 놈들한테 따져! 나는 돈도 얼마 못 받았어! 안 그래도 얼굴이 팔려서 당분간은 일도 못 해. 이렇게 시끄러울 줄 알았으면 그 일 안 했지. 아휴."

"그럼 왜 하셨어요, 그런 거짓말을."

"거짓말이라니, 알 만한 사람이 뭘 그런 말을 해? 나야 그냥 일한 거지. 촬영장 가서 그 할멈이랑 내랑 짝꿍이라고 하면 그런가 보다 하고. 이 나이에 먹고살자고 아이고 참."

노인은 입가에 허연 침이 고이도록 주절주절 말을 이어갔다.

"그날은 외울 것도 얼마나 많았다고. 나나 할멈이나 고생

했어. 그래도 난 약과였지. 짝꿍은 대사도 나보다 곱절은 많았어. 그 덕에 출연료도 두 배는 더 받아갔어. 그럴 만도 하지 뭐."

가만히 듣고 있던 용훈의 입에서 허탈한 웃음이 흘러나왔다.

"그러게요. 아드님 스토리가 워낙 길던데, 할머니가 숨은 고수셨네요."

"내가 그거 반만이라도 소화했으면 이렇게 숨어 지낸다고 억울하지나 않지. 자네도 그러는 거 아니야. 그 방송으로 제일 재미 본 사람이 누군데. 번지수 틀렸어. 화를 내려면 방송국에 가서 따져."

"죄송해요. 화내려고 온 건 아니고……."

"내가 무서워서 아주 깜짝 놀랐어."

"갑자기 영화에 나오시기에 저도 깜짝 놀랐어요."

두 사람은 한동안 말없이 누런 장판을 내려다보았다. 노인은 무릎을 부여잡고 일어나 냉장고에서 콜라를 꺼내 오더니 용훈에게 내밀었다.

"지금 벌 수 있는 만큼 벌어놔. 그래야 이렇게 나이 먹고 거짓말이나 한다고 미움 안 받고 살아."

용훈은 대답할 말을 찾지 못하고 고개를 푹 숙인 채 콜라 캔을 받아 들었다.

*

용훈은 주머니 속에서 미지근하게 식은 콜라 캔을 만지작거렸다. 전철역에 들어선 지 한참이나 지난 것 같은데 이제야 전 역에서 열차가 출발했다는 안내 방송이 흘러나왔다. 서울 중심부에서 한참 떨어진 외곽의 역에는 역시나 스크린 도어가 설치되어 있지 않았다.

그날 열차에 몸을 던진 사람은 누구였을까. 연기자를 꿈꾸다가 착취와 폭력에 시달린 끝에 스스로 목숨을 끊었다던 남자의 사연은 온전히 방송 작가의 손에서 탄생한 이야기였을까. 그중 어느 부분엔가는 사실이 섞여 있지 않을까. 그렇지만 누구에게 무엇을 물어야 할까.

노란 선 안쪽으로 한 발짝 물러서라는 안내 방송이 반복되었다. 용훈은 사고로 멈춰 선 열차 안에서 촬영장에 늦을까 봐 불안에 떨던 자신의 모습을 떠올렸다. 주위를 둘러보니 몇몇 사람들이 선로 쪽으로 다가오고 있었다. 용훈이 한 발짝만 더 내디디면 이 중 누군가의 인생이 바뀔지도 모를 일이었다. 그 인생에는 어떤 별명이 따라붙을까.

"어, 똥손 좀비다!"

용훈은 이보다는 듣기 좋은 별명이면 좋겠다고 생각했다. 그의 주변으로 사람들이 모여들었다. 핸드폰 카메라의 셔터음이 분주하게 울리며 가까워졌다. 용훈은 주머니에서 손을 빼고 모자를 벗었다. 그러곤 눌린 머리를 손으로 쓸어 올리며 모여든 사람들을 향해 몸을 돌렸다. 용훈의 얼굴을 확인한 사람들이 즐거운 탄성을 내뱉었다. 열차가 승강장으로 들어서며 클랙슨을 크게 울렸다.

2부

이따 오세요

"계세요? 안에 계세요? 202호인데요. 여기로 제 택배 잘못 왔죠? 방금 택배 아저씨랑 통화해서 확인했거든요."

"이따 오세요."

"네? 뭐라고요?"

"이따 오시라고요!"

"이따 언제요? 아니, 제 택배 여기로 잘못 왔죠?"

"아, 이따 오라니까요!"

정현은 이따 오라는 남자의 말을 세 번 연속으로 듣고 더는 할 말을 찾지 못한 채 203호 문 앞에 서 있었다. 마지막엔 거의 화가 난 목소리였다. 정현은 살짝 열린 문 틈새로 택배 상자가 보일까 기웃거려봤지만, 문 안쪽의 미닫이문이 닫혀 있어 실내는 전혀 보이지 않았다.

정현은 여전히 발걸음이 떼어지지 않아 203호 앞을 왔다 갔다 하며 다세대주택의 문 앞을, 복도를, 화분 옆을 살펴보았다. 택배 기사가 놓고 갔다고 한 상자는 아무래도 눈에 띄지 않았다. 정현은 203호 현관문을 한참 노려보다가 터덜터덜 계단을 내려갔다.

정현이 살고 있는 다세대주택은 입구가 세 군데였다. 집주인은 그리 크지도 않은 3층짜리 건물을 자잘하게 나누어 세를 놨다. 정현의 집은 2층 끝 방 하나를 용케 확장해 바깥이나 다름없는 위치에 부엌과 화장실을 붙여놓은, 말만 그럴싸한 분리형 원룸이었다. 2층에는 다섯 가구가 있었는데, 각각 들어오는 입구가 달랐다. 정현이 쓰는 입구는 건물의 왼쪽 끝에 달린 폭이 넓은 남색 철문이었고, 203호는 남색 철문에서 오른쪽으로 열 걸음 정도 떨어진 좁은 녹색 철문을 입구로 썼다. 건물 뒤쪽으로 입구가 하나 더 있었지만, 아까 정현이 택배 기사와 통화하며 재차 확인한 출입구는 녹색 철문이었다. 정현은 찝찝한 마음으로 녹색 철문을 빠져나와 남색 철문을 향해 걸어가며 남자 친구에게 전화를 걸었다.

"여보세요."

"어, 나."

"지금 학원인데 급해?"

"그럼 빨리 말할게. 지난번에 같이 주문한 콘돔 다섯 박스 있잖아. 그걸 택배 아저씨가 옆집으로 잘못 갖다줬나 봐. 그래서 내가 방금 찾으러 갔더니 계속 이따 오라고만 하는데, 어떡해?"

"이따 오라고?"

"어. 어떡하지? 이따 언제 오라는 건지도 모르겠고, 집주인이 남잔데 나한테 소리 지르듯이 말해서 이따가 혼자 가기도 무서운데."

"일단 가지 말고 있어. 학원 끝나면 다시 전화할게."

"택배 아저씨는 자기가 잘못 가져다줘놓고 배달 완료로 처리해버리면 어떡해?"

"잠깐만, 일단 끊어봐."

남자 친구가 급히 전화를 끊자 정현은 더욱 불안해졌다. 그가 학원 알바를 끝내고 오면 밤 10시는 훌쩍 넘을 터였다. 게다가 남자 친구는 알바가 있는 날 저녁엔 항상 녹초가 되기 때문에 되도록 무리해서 만나지 않는 편이었다. 지금은 오후 3시가 막 넘었으니, 남자 친구가 온다고 해도 앞으로 일곱 시간은 족히 기다려야 했다. 하지만 옆집 남자는 이따 오라고 했다. 그 '이따'가 일곱 시간 뒤여도 상관없을까? 아니면 한두 시간 뒤에 다시 찾아가봐야 하나? 머릿속이 복잡해진 정현은 신경질적으로 머리를 흔들었다. 이게 다 콘돔 때문이었다.

*

"콘돔."

"아까 보니까 없는 거 같던데?"

"그럼 사 와야지."

"언제 또 사러 가."

"그럼 안 할 거야?"

"아니, 할 거야."

"그럼 사 와야지."

"같이 가자 그럼."

싱글 침대 위에서 옷을 입는 둥 마는 둥 하고 뒹굴던 정현과 남자 친구는 당장 콘돔을 사러 나가느냐 마느냐 하는 선택의 기로에 서 있는, 아니 누워 있는 참이었다. 사귄 지 2년째에 접어든 두 사람은 주로 정현의 집에서 데이트를 했다.

일단 섹스를 한 뒤에 그대로 누워서 잠깐 낮잠을 자거나 밥을 먹거나 산책을 하거나 영화를 보러 나가거나 했다. 부모와 함께 사는 남자 친구는 가급적 외박을 하지 않으려고 했고, 그래서 데이트는 둘 다 일이 없는 낮 시간에 주로 이루어졌다. 어쩌다 저녁때 만나도 남자 친구는 차가 끊기기 전에 어김없이 돌아갔다.

"콘돔 떨어진 거 몰랐어? 자기가 쓰는 건 자기가 체크해야지."

정현은 불만 섞인 어투로 남자 친구에게 따지듯 말했다. 그는 때때로 편의점에서 여섯 개들이 콘돔을 사서 정현의 집에 놓고 다녔다. 그럼에도 정작 필요한 순간에는 박스 안이 텅 비어 있는 경우가 잦았다.

"나 혼자 쓰는 거야? 둘이 같이 쓰는 거지."

남자 친구는 정현의 말에 기분이 상한 듯 퉁명스레 내뱉더니 침대 옆에 떨어져 있던 티셔츠를 주워 들었다. 그 바람에 분위기가 다 깨져버렸다. 티셔츠를 주워 입는다는 건 그만큼 의식적인 행동이었다. 정현도 입을 삐죽거리며 침대에서 몸을 일으켜 반바지를 입었다.

"뭐 하자는 거야, 지금."

뭐 하자는 건지 알면서도 정현은 다시금 싸늘하게 물었다.

남자 친구는 정현을 힐끗 보더니 책상으로 다가갔다. 그러곤 노트북을 가지고 침대로 돌아와 벽에 등을 기대고 앉았다. 정현은 그 옆에 팔짱을 끼고 앉아 노트북 화면을 들여다봤다. 남자 친구는 인터넷 쇼핑몰에 들어가 검색창에 '콘돔'이라고 썼다.

"인터넷으로 사게?"

"어. 너도 나가기 싫고 나도 가기 싫으니까. 지금 인터넷으로 사고 내일 받아서 쓰면 되잖아."

"뭐 얼마나 사려고?"

"잠깐만. 대박, 진작 인터넷으로 살걸! 편의점보다 훨씬 싸잖아."

"그래? 뭐로 살 거야? 원래 쓰던 거로 살 거야?"

편의점보다 싸다는 희소식에 정현은 금세 기분이 풀려서 남자 친구와 사이좋게 머리를 맞대고 이 상품 저 상품을 들여다보기 시작했다.

"원래 쓰던 거로 사야지. 너 따지는 거 많잖아."

"어, 일단 껍데기에 연예인 얼굴 있는 건 기분 나빠서 싫고. 이름이나 포장이 요란한 것도 싫어."

"그럼 뭐 선택지가 없지."

남자 친구는 한 상품을 자신 있게 고르더니 주문 수량을 다섯 개로 끌어올렸다.

"다섯 박스나 사게? 돈 많아?"

"이거 생각보다 금방 쓴다니까. 이만큼 사도 편의점보다는 훨씬 싸니까. 지금 잔뜩 사둬야 나중에 귀찮지 않지."

남자 친구는 단숨에 주문 버튼을 눌렀다.

"너희 집으로 주문해도 되지?"

"그럼 너희 부모님 집으로 주문하게?"

정현은 남자 친구의 무릎 위에 놓여 있던 노트북을 낚아채 자기 무릎에 올려놓고 주소를 써넣었다.

"이름은? 네 이름 써? 아니면 가명으로 쓸까?"

"가명도 되려나?"

"요즘엔 안심 번호 같은 것도 있으니까 괜찮지 않을까?"

"네 이름은 여자인지 남자인지 애매해서 그냥 써도 될 거 같은데."

"그럼 내 이름 쓴다."

정현은 주문인에 자기 이름을 써넣고 결제 버튼 위에 커서를 갖다 대더니 남자 친구를 빤히 쳐다봤다.

"결제는?"

"……반반씩 할까?"

"그래, 알았어. 둘이 같이 쓰는 거니까. 일단 내가 결제할 테니까 나중에 반 줘."

"오케이."

주문을 마친 두 사람은 기분이 풀린 듯 서로 부둥켜안고 침대 위를 뒹굴기 시작했다.

*

"여보세요, 아저씨? 아까 택배 안 왔다고 전화한 사람인데요. 아저씨가 2층 문 앞에 놔두셨다고 했잖아요. 원래 남색 문으로 들어오셔야 되는 걸 녹색 문으로 들어가셨다고요. 맞죠?

제가 방금 그 집에 택배 찾으러 갔는데, 거기서 받았는지 안 받았는지 대답을 안 하고 이따 오라고만 하는 거예요. 이럴 땐 어떻게 해야 해요? 제가 오늘 꼭 받아야 하는데……. 진짜 중요한 택배인데, 아저씨가 벌써 배송 완료로 처리하셨잖아요. 그러면 반송도 안 되거든요.

네? 다시 가보라고요? 아저씨가 다시 가보시면 안 돼요? 저는 아저씨가 가보시면 좋겠는데……. 아저씨 책임도 있으니까요. 아, 그럼 이 동네에 언제 다시 오시는데요? 내일요? 근데 제가 오늘 꼭 받아야 하는데요. 알겠어요. 그럼 내일 다시 와주실 거죠? 꼭 와주셔야 해요."

*

옆집 남자가 이따 오라고 한 뒤로 어느덧 세 시간이 흘렀다. 그사이 정현은 아무 일도 할 수 없었다. 그저 방 안을 왔다 갔다 하며 머릿속으로 옆집 상황을 그려봤다. 그 남자는 대체 어떤 상황이었기에 이따 오라는 말만 세 번이나 했을까?

택배 기사의 말대로라면, 정현이 찾으러 가기 전까지 택배 상자가 남자의 집 앞에 놓여 있었던 건 고작 30분 남짓이었다. 남자도 오늘 꼭 받아야 할 택배가 있었던 걸까? 그게 아니고서야 그 잠깐 사이에 우연히 바깥을 확인해서 상자를 가지고 들어갔다는 게 설명이 되지 않았다. 더군다나 이 동네는 산 아래 고지대라 주로 오전 나절에 택배가 배달되곤 했다. 정현도 원래 오던 시간에 아무 소식이 없어서 기사에게 연락을 해본 참이었다. 아니면 옆집 남자는 주변 기척에 귀를 쫑긋 세우고 살아가는 타입인 걸까? 그것도 찝찝하긴 마찬가지였다. 아무튼 옆집 남자는 송장에 정현의 이름이 박힌 택배 상자를 제대로 보지도 않고 대뜸 집 안으로 가지고 들어갔다.

기다리는 택배가 있었다면 더더욱 가슴 설레는 순간일 터, 남자도 바로 상자를 열어서 내용물을 확인하고 싶었을 것이다. 포장을 뜯기 전에 송장을 확인했더라면 좋았겠지만, 정현도 종종 그 절차를 잊곤 했다. 내 집 앞에 있으면 내 택배. 한국식 공동생활의 암묵적 전제가 아닌가. 당장 뭘 주문했는지 떠오르는 게 없더라도 뜯어볼 수 있다. 그야말로 작용 반작용의 법칙처럼 택배 상자가 있으면 뜯어보는 게 인지상정이니까. 하지만 그 순간 남자는 뭔가 잘못되었다는 걸 알아차렸을 것이다. 그 안에 덩그러니 든 건 자칫 약상자로도 보일 수 있는 콘돔 다섯 박스. 그제야 옆집 남자는 송장을 확인하고 203호가 아닌 202호라는 글자를 발견했을 것이다. 한 호수 차이지만 들어오는 입구부터 다른 옆집.

그리고 받는 이의 이름은 '최정현'. 정현은 이 부분이 가장 찝찝했다. 곱씹어볼수록 남자 친구의 의견에 순순히 따른 그 순간이 후회스러웠다. 걔가 뭘 안다고. 주소를 적던 순간으로 되돌아갈 수만 있다면 남자 친구의 이름이나 '육봉팔' 같은 이름을 적어 넣을 것이다. 그나마 다행인 건 최정현이라는 이름만으로는 남자인지 여자인지 확실히 알 수 없을 거라는 사실이었다. 옆집 남자는 콘돔을 다섯 박스나 주문했으니 아마도 남성일 것 같다고 생각했을 수 있다. 송장을 제대로 확인하지도 않고 뜯어본 것은 잘못이긴 하나 내용물을 감안할 때 같은 남자끼리 웃으며 넘어갈 일이라고 생각했을 수 있다. 그러면서 상자를 다시 주섬주섬 붙여보려고 할 때, 정현이 찾아왔던 것이다. 그 정도 시간이라야 이래저래 딱 맞았다.

옆집 남자는 202호 택배의 안부를 묻는 여자의 목소리를 듣고 당황했을 것이다. 제대로 확인하지 않고 상자를 열어본 것도, 사생활의 영역에 있는 내용물을 미처 손쓸 틈 없이 확인해버린 것도 자의는 아니지만 누구를 탓할 수도 없었다. 실수라고 얼버무리기에는 이미 깊이 관여한 느낌이라 이래저래 설명할 말을 찾아야 했을 것이다. 어쩌면 그는 평소에 여성과의 대화에 서툰 사람일 가능성도 있다. 여성을 불편해하거나 싫어하는 성향에 가까울 수도 있다. 결국 옆집 남자는 '이따 오시라'는 말로 급하게나마 예상치 못한 상황을 모면하려고 했을 것이다.

거기까지 생각이 미치자 정현은 앞으로의 일이 더욱 걱정되기 시작했다.

만약 상황이 그렇게 흘러갔거나 옆집 남자가 정말 그런 사람이라면 택배를 찾아올 수 있을까? 이따 오라는 말을 듣긴 했지만 다시 한번 찾아가도 괜찮을까? 혼자 갔다가 괜히 무서운 일이 생기진 않을까? 그렇다면 남자 친구를 기다렸다가 오늘 밤이나 내일 같이 찾아가야 하는 걸까? 아니면 택배 기사한테 끝까지 책임을 물어 다시 집으로 배달해주길 요구해야 하는 걸까? 그런데 나는 내 택배를 두고 왜 이런 고민을 해야 하는 걸까?

*

"저 202호인데요. 이따 오라고 해서 다시 왔어요!"

정현은 203호 앞에 서서 부러 목청껏 외쳤다. 집 안을 맴돌며 걱정만 하다 보니 머리가 터질 것 같아서 일단 다시 맞닥뜨려보기로 했다. 203호 남자가 이따 오라고 한 뒤로 네 시간이 지났으니 시간도 충분히 준 것 같았고, 종국에는 '내가 내 택배를 못 찾을 이유가 뭐냐!'는 식으로 욱하는 감정까지 치밀었다. 오후 내내 아무 일도 손에 안 잡히다 보니 모 아니면 도라는 마음이 홀연히 등을 떠밀었다. 그럼에도 몇 번 더 남자를 부르면서 불안감이 스멀스멀 올라왔다. 정현은 오른쪽 어깨에 멘 천 가방을 어루만졌다. 그 안에는 혹시라도 안 좋은 상황이 벌어질까 봐 반사적으로 챙겨 넣은 식칼이 있었다. 아직 한 번도 쓰지 않은 새것이었다.

몇 개는 비닐 포장이 뜯긴 상태였다. 다시 욱하는 감정이 치밀었다. 정현은 저도 모르게 가방 겉면을 훑으며 식칼의 윤곽을 손가락으로 꾹꾹 눌렀다.

"뭐야, 이게 다 콘돔이에요?"

"자기랑 많이 많이 쓰려고 한꺼번에 주문해봤죠."

남자가 택배 상자에서 콘돔을 꺼내 들었다. 정현은 지금 당장 튀어나가 콘돔 가로채기 현장을 잡아야 하나 고민했다. 하지만 조목조목 따져보면 자신의 혐의가 더 무거울 것 같았다. 주거침입에 흉기 소지, 이대로 상황이 흘러간다면 변태나 스토커로 몰려도 할 말이 없을 듯했다. 긴장이 되면서 입이 말라 침을 꿀꺽 삼키다가 자기 소리에 흠칫 놀랐다. 슬슬 오줌이 마려운 것 같고 다리도 후들거렸다. 정현은 얼마나 더 버틸 수 있을지 걱정이 되었다.

"잠깐, 잠깐만."

"왜 그래요?"

"잠깐 줘봐요."

여자는 남자가 들고 있던 콘돔 박스를 낚아챘다.

"우리가 항상 쓰던 게 아니잖아요."

"그게 어때서요?"

"왜 다른 걸로 주문했어요?"

"아니, 그냥……."

"이유가 있어서 항상 그것만 쓰는 거였잖아요. 기억 안 나요?"

"어…… 뭐였지?"

여자는 땅이 내려앉을 듯 깊게 한숨을 내쉬더니 옷매무새를 가다듬고 자세를 고쳐 앉았다. 남자는 멋쩍게 웃으며 콘돔 박스를 이리저리 돌려보았다.

"지금 그걸 본다고 기억이 날 것 같아요?"

계속되는 질문 공세에도 남자는 마땅한 답이 떠오르지 않는 듯했다. 정현은 남자가 빨리 답을 찾았으면, 그리고 사태가 진정되어 부디 나갈 틈이 생겼으면 하고 간절히 바랐다.

"최정현?"

갑자기 자기 이름이 들려오자 정현은 화들짝 놀라 하마터면 대답을 할 뻔했다. 여자는 택배 상자에 붙은 송장을 들여다보고 있었다.

"최정현이 누구예요?"

"친구요……."

"친구 누구?"

"전에 나한테 돈을 빌려 간 놈인데 그 자식이 무슨 콘돔 사업을 시작했다고 대신 이걸로 갚는다고……."

은비가 손에 든 딜도는 미국에서 생산된 제품으로, 큰 기둥 중간에 작은 기둥이 삐죽 솟아 있는 모양이었다. 그 덕분에 삽입과 동시에 클리토리스 자극이 가능했다. 진동 모드가 여섯 가지나 되었고, 온열 기능도 있었다. 그리고 그 모든 것을 가질 수 있는 가격은…….

"너무 비싸다. 나는 절대 무리야."

은비는 가격을 확인하더니 바로 선택의 문을 닫았지만, 시오는 여전히 망설였다. 큰 결심을 하고 왔는데 단지 가격 때문에 물러설 수는 없었다.

"30대를 이 친구와 함께한다고 생각하면 이 정도는 내야겠지?"

"근데 이 친구가 네 30대를 전부 커버해줄까? 갑자기 죽으면 어떡해?"

"그러게. 이렇게 비싸게 모셨는데 한철 보내고 죽으면 곤란하지."

"대표님한테 가서 한번 물어봐."

시오는 기구를 고를 땐 대범했지만 그런 질문을 할 자신은 없었다. 교환이나 환불, 애프터서비스나 컴플레인은 시오의 소비생활에서 빠져 있는 단어들이었다. 이제껏 중고거래조차 해본 적 없었고, 전화 문의는 말할 것도 없었다.

"되겠지, 아마."

"가서 물어보면 되잖아, 보증기간이 얼마냐고."

"엔간히 보증해주겠지. 이렇게 확실한 가게인데……. 그나저나 색깔을 뭐로 하지?"

시오는 대답을 얼버무리며 화제를 돌렸다. 시오가 고른 제품은 세 가지 색이 있었다. 아이보리, 핑크, 그리고 짙은 보라.

"네가 좋아하는 색으로 골라."

"은비야, 딜도 색깔은 엄청 중요한 문제야."

"왜?"

"한번 생각해봐. 이걸 넣다 뺐다 하잖아. 그럼 뭐가 묻어 나오겠지? 그때 딜도 색이 밝은지 어두운지에 따라서 내 기분이 많이 달라질 테니까."

"그러네. 이건 취향 차이인데, 나는 밝은색이 나을 것 같아."

"야, 통했다. 나도 밝은색 생각했는데."

"만약 어두운색이면 시각적인 자극이 너무 셀 거 같아."

"그렇지? 아무래도 데일리로 쓰려면."

딜도 구입에는 고려해야 할 점이 많았다. 정서적인 경험과 신체적인 체험을 동시에 만족시키면서도 안전을 보장해야 하므로 더욱 요모조모 신중히 따져야 했다. 시오는 막중한 무게감과 책임감마저 느꼈다. 앞으로 다가올 30대를 어떻게 살아갈지 첫 번째 관문 앞에 선 기분이었다. 시오가 짙은 보라색 딜도를 내려놓고 아이보리와 핑크를 번갈아 빛에 비춰보았다. 은비가 그런 시오를 보고 킥킥대며 말했다.

"여자는 핑크."

"말고."

시오는 따라 웃으며 핑크색 딜도를 진열대에 돌려놓았다. 이제 손에는 연한 아이보리색 딜도만 남아 있었다.

시오의 결정이 끝남과 동시에 은비의 본격적인 아이쇼핑이 시작되었다. 은비는 딜도 코너를 벗어나 가게 안 깊숙이에 문 없는 작은 방으로 꾸며진 SM 코너에 들어갔다. 그러곤 전신 타이츠와 채찍, 수갑 등을 살피느라 여념이 없었다. 시오는 아이보리색 딜도를 가지고 카운터로 향했다. 작은 창고를 몇 번씩 들락날락하던 대표가 만면에 미소를 띤 채 시오 앞에 다가와 섰다.

"결정하셨어요?"

대표의 목소리는 '잘하셨어요'라는 무언의 격려가 깔린 듯 다정했다. 시오는 미소를 지으며 아이보리색 딜도를 카운터 위에 살짝 올려놓았다.

"이걸로 하려고요."

"잠시만요. 제가 바로 새 상품으로 가져올게요."

시오는 굳이 카운터까지 진열품을 들고 온 자신이 부끄러워졌다. 그래서 대표가 새 상품을 찾으러 창고에 간 사이 잽싸게 딜도를 진열대에 돌려놓고 돌아와 작게 한숨을 내쉬었다. 창고에서 나온 대표는 박스 두 개를 카운터 위에 올려놓았다. 시오는 어리둥절한 표정으로 박스를 내려다봤다.

"어쩌죠. 아이보리색은 재고가 없네요."

두 박스는 각각 시오가 고사했던 핑크와 짙은 보라색이었다. 대표가 몹시 미안하고 안타깝다는 표정을 짓자, 시오는 이 시점에서 자신이 곤란한 내색을 맘껏 해도 될지 판단이 서질 않았다.

"잠깐만요."

시오는 여전히 SM 방에 머물고 있는 은비에게 달려갔다.

"아직 다 안 봤어?"

"나 이거 살까 하고."

은비는 마네킹이 입고 있는 전신 망사를 쓰다듬었다.

"이게 빨간색이랑 검은색이 있는데, 뭐로 할까?"

"그보다 어떡하지? 내가 아이보리색 사려고 했잖아. 너도 그게 제일 괜찮다고 했고. 근데 지금 재고가 핑크랑 보라뿐

이래. 아이보리가 없대. 어떡하지?"

시오가 곤란한 표정을 짓자 은비는 슬그머니 망사 스타킹에서 손을 뗐다.

"잠깐 생각 좀……. 핑크는 너무 핑크고, 보라는 너무 어둡던데."

"그러니까 내 말이……."

둘은 잠시 상상의 시간을 가지며 먼 곳을 응시했다.

"그나마……."

이미지 트레이닝이 끝난 듯 은비가 먼저 입을 열었다.

"그나마 핑크가 낫지?"

역시 마음이 통하는 친구가 최고였다. 시오는 은비와 이렇게 잘 통한다는 걸 성인용품점에서 다시 한번 확인할 수 있어서 매우 기뻤다.

"핑크로 할게요."

은비와 함께 카운터로 돌아온 시오가 한층 밝고 당당한 태도로 말했다.

"그렇게 하시겠어요? 아이보리를 원하시면 바로 주문을 넣어드릴 수도 있어요. 길어도 2주면 받으실 수 있고요."

"아니요. 저는 오늘 꼭 사고 싶어요!"

시오의 대답이 재미있는지 대표가 소리 내어 웃었다. 유쾌한 웃음소리에 기분이 좋아진 시오도 은비와 어깨를 살짝 부딪히며 따라 웃었다. 한동안 세 여자 사이에서 은밀하고도 장난스러운 분위기가 오갔다. 아예 작정을 하고 왔는데도 금액이 상당한지라 카드 단말기에 사인을 할 땐 가슴이 떨렸다. 시오는 일부러 막중한 임무를 들키지 않기 위해 가볍게 행동하는 비밀 요원처럼 팔랑거리며 사인을 마쳤다. 은비는 그런 시오의 결단력에 감탄했다는 듯 옆에서 짝짝 박수를 쳤다. 대표가 작동법과 주의할 점을 일러주었다. 한번에 너무 오래 사용하거나 지나치게 깊숙이 삽입하면 자궁건강에 해가 될 수 있다는 당부도 이어졌다. 고개를 주억거리며 듣던 시오가 조심스럽게 바이브레이터를 처음 써보는 건 아니라고 말하자, 대표는 이내 눈을 찡긋거리며 공감을 표했다.

"저도 이 제품 쓰거든요. 개발자가 여자라서 그런지 실사용자의 눈높이나 감각을 배려한 부분이 참 뛰어나요."

시오는 다시 한번 자신의 선택에 자부심을 느꼈다. 대표가 두 사람에게 콘돔이며 젤, 클리토리스 그림이 그려진 사탕 등이 담긴 기프트 팩을 건넸다.

"혹시 이상이나 문제가 생기면 언제든지 가져오세요."

대표의 태도는 처음부터 끝까지 신뢰할 만했다. 시오는

이 당당한 여성들이 운영하는 성인용품점이 번창하기를, 그리고 영원하기를 기원하며 밖으로 나왔다.

*

핑크색 딜도는 여섯 가지 진동 모드에 온열과 방수 기능을 갖췄으며 짧은 충전으로도 장시간 사용이 가능했다. 역시 녹록하지 않은 서른이었지만, 시오는 딜도와 더불어 버텨낼 수 있었다. 그런데 1년이 지나자 딜도가 가끔씩 이상 반응을 보이기 시작했다. 절정으로 치닫을 무렵, 예고도 없이 진동이 멈추곤 했다. 그때마다 손바닥에 대고 몇 번 내리치면 부르르 떨며 진동을 개시했다. 시오는 불안한 마음으로 그렇게 몇 개월을 버텼다. 하지만 딜도는 그마저도 면역이 생겼는지 손바닥이 빨개지도록 내리쳐도 반응이 둔하다가 어느 날 완전히 멈추더니 다시는 움직이지 않았다. 당장 교환이나 수리를 맡기고 싶었지만 성인용품점의 위치가 애매했다. 따로 시간을 내서 찾아가야 하는데 그때마다 더욱 시급해 보이는 일이 발생했다. 마음속 우선순위에서는 밀릴 리 없었지만 생계에 대한 우려가 번번이 발목을 잡았다. 만약의 경우에 대비해 박스를 버리지 않고 보관해둔 것이 그나마 다행이었다. 시오는 제 기능을 상실한 딜도를 박스에 넣어서 눈에 잘 띄도록 화장대 위에 올려두었다. 딜도는 한동안 화장대 위에서 먼지 옷을 입어갔다.

그리고 딜도를 구매한 날로부터 정확히 1년 4개월 만에 시오는 그 애매한 위치의 성인용품점에 갈 일이 생겼다. 그 근방에서 미팅이 잡혔다. 영화사 기획 피디인 관조와는 전에 함께 시나리오 작업을 한 적이 있었는데 업무 관계로 연락이 온 건 오래간만이었다. 미팅 장소가 성인용품점으로부터 한 블록 떨어진 카페였다. 시오는 쾌재를 부르며 딜도 박스를 배낭에 집어넣었다. 10분 정도 일찍 가서 고장 난 딜도를 맡기고 약속 장소로 향할 생각이었다. '이상이나 문제가 생기면 언제든지 가져오세요'라던 대표의 호언장담을 떠올리며, 딜도를 넣어 빵빵해진 배낭만큼이나 시오의 마음도 부풀어 올랐다.

*

"살 때 문제가 생기면 언제든지 가져오라고 하셔서요."

시오는 하얀 카운터 위에 빨간 배낭을 내려놓았다. 항상 메고 다니던 배낭이 조명을 받아 그날따라 얼룩덜룩해 보였다. 시오는 얼른 배낭을 열어 안쪽에서 박스를 꺼냈다. 카운터 뒤에 나른한 표정으로 서 있던 직원은 시오의 배낭에도, 그리고 배낭에서 꺼낸 박스에도 전혀 관심이 없었다. 당당한 태도로 신뢰를 주던 대표의 모습은 어디에도 보이지 않았다.

"여기서 사셨어요? 언제 사셨어요?"

카운터에 몸을 기댄 직원이 시오가 꺼낸 박스를 힐끗 쳐다보며 물었다.

"정확히 1년 4개월 전에 여기서 샀어요."

시오는 최대한 분명하고 자신감 있어 보이게 대답하려고 노력했다.

"1년도 훨씬 넘었네. 그럼 방법 없어요. 보증기간은 보통 6개월에서 1년이에요."

"네? 살 때 대표님이 언제든지 가져오라고 하셨는데……."

"그게 최대 1년이라고요. 안에 든 보증서 안 보셨어요?"

"그럼 어떻게 하면 되나요? 고장 나서 안 움직이는데……."

"새로 사셔야죠."

"그럼 얘는 이제 못 쓰나요?"

"네, 방법이 없어요. 본사로 보내서 고치는 서비스는 지금 저희가 하고 있지 않고요."

간단히 구입 사실만 증명하고 가게에 맡기고 갈 생각이었는데 계획이 전부 꼬이기 시작했다. 미팅 시간이 다 된 터라 급히 새 딜도를 사기에는 시간도, 마음의 준비도 부족했다. 특히 지갑의 준비가 가장 부족했다. 시오는 그래도 당장 살 만한 게 있을까 싶어 진열대를 빠르게 훑어봤다. 하지만 지난 구매 경험을 떠올려봤을 때 이렇게 급박하게 결정할 일이 아니라는 생각이 들었다. 오늘은 선택에 도움을 줄 쇼핑메이트도 없었고, 직원의 날카로운 눈초리 때문에 괜스레 위축되는 기분이 들었다. 시오는 다음을 기약하며 직원에게 인사를 한 뒤 밖으로 나왔다. 시종일관 차가운 태도로 응대하던 직원은 잘 가라는 인사조차 하지 않았다. 시오는 무거운 발걸음으로 한 블록 떨어진 카페로 향했다.

*

영화사 기획 피디인 관조가 먼저 제안한 미팅이었다. 한동안 장편영화 시나리오 작업은 뜸했던 터라 시오는 내심 미팅에 기대를 걸었다. 장편 작업은 업무 강도가 센 만큼 페이 역시 높았다. 일단 먹고사는 문제가 해결되어야 새 딜도도 살 수 있을 게 아닌가. 시오는 긴장과 설렘을 안고 카페

안으로 들어갔다.

"박 작가님! 여기요, 여기!"

시오가 입구에서 두리번거리자 안쪽에서 관조가 손을 번쩍 들며 큰 소리로 불렀다.

"피디님, 일찍 오셨네요. 저 늦은 거 아니죠?"

시오가 그쪽 테이블로 다가가 살갑게 말을 붙였다. 관조 옆에 처음 보는 남자가 앉아 있었다.

"여기는 TOB 코리아의……."

"안녕하세요, 강우대입니다. 작가님 말씀은 박 피디에게 많이 들었습니다."

남자가 자리에서 살짝 몸을 일으키더니 시오에게 명함을 내밀었다. 시오는 예상치 못한 인물의 등장에 놀라면서도 반가움을 느꼈다. 날렵한 금박 테두리가 인상적인 백색 명함에는 회사명과 이름이 전부였다. 그것만으로도 충분하다는 자신감 같은 것이 읽혔다. 강우대는 업계 사람이라면, 아니 영화나 드라마에 관심이 있는 사람이라면 누구나 알 만한 이름이었다. 시오가 몇 번이나 돌려보았던 드라마 「오피스 라이프」를 제작한 것도, 연속해서 천만 영화를 제작해낸 것도 그였다. 시오는 인터뷰 기사에서 본 '천만의 손'이라는 문구를 떠올리며 금박 테두리를 만지작거렸다.

"안녕하세요, 박시오입니다. 처음 뵙겠습니다."

시오는 설레는 마음을 감추며 침착하게 인사말을 건넸다.

"앉으시죠."

강우대 대표가 먼저 자리에 앉고, 시오도 맞은편에 따라 앉았다.

"제가 음료 시킬게요. 박 작가님은 라테죠?"

탁자 위에는 강 대표와 관조가 마시던 커피가 반쯤 남아 있었다.

"네, 제가 가도 되는데요."

"금방 갔다 올게요. 두 분 편히 말씀 나누고 계세요."

관조가 음료를 시키러 간 사이 잠시 침묵이 이어졌다. 시오는 어떤 이야기를 꺼내야 할지 머릿속으로 알맞은 대사들을 떠올렸다. 강 대표는 여유로운 표정으로 시오의 얼굴을 빤히 쳐다보았다.

"작가님은 좀……."

"네?"

"작가님처럼 보이지는 않네요."

"그게 무슨……."

"굉장히 스타일도 좋고 마르셔서요. 밥을 잘 안 드시죠?"

"아니요, 그렇지도 않은데요."

"밥을 많이 드셔야 할 것 같아요."

뜬금없는 얘기에 시오는 대답할 말을 찾지 못했다. 나름대로 아이스 브레이킹인 것 같긴 한데, 어떤 반응을 보여야 할지 난감하기만 했다. 시오가 대답을 고민하던 차에 다행히 관조가 쟁반을 들고 돌아왔다.

"작가님, 여기 라테. 그리고 빵도 시켰어요. 식사 안 했을 거 같아서."

"제가 마침 그 얘기를 하고 있었어요."

강 대표가 시원스럽게 웃었다. 시오는 말없이 접시에 놓인 스콘을 조금 떼어 입에 넣었다. 관조의 말대로 아침을 건너뛰었지만 허기는 느껴지지 않았다. 입안에서 스콘이 바스러지며 퍽퍽하게 목구멍에 얹혔다. 시오가 커피를 한 모금 삼키는 사이 강 대표가 빙긋 웃으며 관조에게 눈짓을 했다. 그러자 관조는 의자 옆에 걸어둔 종이 쇼핑백에서 책 몇 권을 꺼내 탁자 위에 올렸다. 시오는 스콘 조각과 커피를 단숨에 꿀꺽 삼켰다.

"만화책이네요?"

관조가 한 권을 집어 시오에게 건네주었다.

"제가 잽싸게 설명을 드릴게요. 강 대표님이 영화화를 위해 판권을 사두신 만화책이에요. 내용을 살펴보면서 설명을 들으면 좋겠네요."

강 대표가 끼어들었다.

"그림체가 야성적인데 장르 특성으로 감안해주시고요."

시오는 만화책의 표지를 훑어보았다. 조막만 한 얼굴에 비하면 가슴과 엉덩이가 몇 배는 크고 두드러진 여자 캐릭터가 몸을 배배 꼬며 검은 안경테 다리를 깨물고 있었다. 표지를 넘기자 안에서 기다란 종이가 툭 떨어졌다. 안쪽에 꽂혀 있던 캐릭터 포스터였다. 표지에서 한 차례 얼굴을 익힌 주인공의 전신이 그려져 있었다. 몸의 굴곡이 훤히 드러나는 하늘하늘한 초미니 원피스 아래로 길게 뻗은 다리 사이에서 물줄기가 여러 가닥으로 흘러내렸다. 시오는 관조와 강 대표의 시선을 느끼며 표정을 관리했다. 아직 내용을 알지 못하는 마당에 함부로 판단하는 듯한 인상을 주어서는 곤란했다. 일단 포스터를 다시 접어서 책장에 끼워 넣고 페이지를 넘겼다.

"그림체는 좀 야시시한데, 내용은 굉장히 건강해요."

강 대표가 호탕한 목소리로 부연을 하기 시작했다.

"이 여자가 야설 작가예요. 여기까지는 그렇게 참신할 게 없는데 왜 이 캐릭터에 열광하는가. 자기 직업에 대한 마음가짐이 굉장히 프로페셔널하고 투철한 거죠. 일반인들이 갖기 쉬운 편견이나 색안경에도 굴하지 않고 오로지 작품을 위해 갖가지 여정을 펼쳐요. 그러면서 소설의 완성도를 위해 다양한 경험과 실험을 해나가는데, 그게 또 얼마나 멋있고 흥미로운지 몰라요."

"대표님이 오죽 재미있게 보셨으면 판권까지 사셨겠어요."

관조가 옆에서 열심히 맞장구를 쳤다.

"이 작품을 보자마자 이건 된다, 우리 사회에도 이런 작품이 나올 때가 되었다는 생각이 들었어요. 한국 관객들도 이렇게 건강한 여자의 섹스를 볼 때가 됐다."

"건강한 여자의 섹스요?"

시오는 만화책을 눈으로 훑으며 물었다.

"네. 이렇게 개방적이고 건강한 섹스 라이프. 비밀스럽게 숨기고 터부시하는 게 아니라, 자기 일을 당당하게 해나가면서 섹스도 당당하게 즐기는 거죠. 그동안 이런 여자 캐릭터를 본 적이 거의 없잖아요, 우리 관객들이. 근데 이제는 이런 여자 캐릭터들이 나올 때가 됐다고 봐요."

시오는 강 대표의 말에서 최대한 긍정적인 뉘앙스에만 주목하려고 노력했다.

"당당한 여자 주인공 좋죠. 이 주인공은 남성 포르노 잡지에 야설을 연재하네요?"

"거기서 또 기가 막히게 참신한 설정이 등장하죠. 주인공의 담당 편집자가 남자인데, 그 사람이 동정이에요."

"동정이요?"

"거기에 또 반전이 있잖아요, 대표님."

관조가 무척 중요한 정보라도 알려주는 듯이 다급히 끼어들었다.

"그렇지, 이 야설 작가가 알고 보니 처녀였다는 거!"

강 대표와 관조가 재미있는 영화라도 본 것처럼 마주 보며 웃었다.

"네? 처녀요?"

시오는 이 대화를 어떻게 이어나가야 할지 혼란스러웠다.

"죄송하지만 왜 이 만화를 영화화하고 싶다고 생각하셨는지 그 이유를 여쭤봐도 될까요?"

강 대표는 너털웃음을 지으며 의자에 몸을 기댔다.

"그래요, 작가님. 궁금한 게 있으면 지금 다 물어보세요."

"저는 어떤 부분에 공감하며 봐야 할지 감이 잘 안 와서요."

강 대표는 웃음기를 살짝 거둬들였다.

"어떤 부분에 공감해야 하느냐……."

강 대표의 눈치를 살피던 관조가 머뭇머뭇 입을 떼려는 순간 강 대표가 말을 이어갔다.

"작가님, 제가 이 업계에서 뼈가 꽤 굵습니다. 그런 제가 느끼기에 요즘 이 바닥에 여성의 이야기를 제대로 하자는 흐름이 있어요. 아마 아실 테지만, 미투다 뭐다 해서 말들이 많잖아요. 남자 감독들이 몸을 사려요. 영화는 만들어져야 하는데 감독들이 몸을 사리다 보니까 제 입장에서는 결단을 내릴 때가 된 겁니다. 근데 미리 말씀드리자면, 저는 페미니스트는 아닙니다. 그건 제가 확실하게 말할 수 있어요."

"네? 그걸 왜 확실하게 말씀하시는지……."

"우리가 같이 일을 해나가려면 정확하게 짚고 넘어가야 할 것 같아요. 저는 페미니스트가 아닙니다. 하지만 지금은 여자들이 판을 쳐야 하는 시대인 게 맞고, 그래서 제가 판을 깔아드리겠다는 겁니다."

관조가 끼어들어 교통정리에 나섰다.

"대표님, 제가 정리를 해보겠습니다. 대표님이 앞선 안목과 감각으로 이 만화의 판권을 사두셨는데, 마침 여자 이야기를 해야 하는 시대가 왔습니다. 맞죠? 그리고 박 작가님은 특히 여자들 이야기를 재미있게 잘 쓰시는 분이고요. 그렇죠?"

"여자들 이야기요?"

"박 피디가 전부터 작가님 칭찬을 그렇게 하더라고요. 여자들 이야기를 잘 쓰신다고. 뭐라더라? 작가님이 그런 말씀을 하셨다면서요. 여자 두 명만 있으면 그것만으로도 한 편의 영화가 된다나? 아주 재미있는 관점이에요. 근데 하나 걱정인 부분은 작가님이 너무 상업적인 마인드가 없다는 거, 그거 하나가 단점이라고. 그 부분은 저희가 함께하면서 채워나갈 수 있으니까요."

"이번 기회에 그 한계를 뛰어넘는다는 각오로 함께 새로운 도전을 해보시면 어떨까 하고 제가 오늘 이 자리를 만든 겁니다, 작가님."

"제가 이렇게 젊고 날씬한 여자분이랑 일해본 적이 없어서 아직 작가님을 어떻게 대해야 할지 잘 모르겠지만, 인간관계라는 게 서로서로 맞춰가는 거니까요. 우리 한번 잘해봅시다."

강 대표가 느닷없이 손을 내밀었다. 시오가 물끄러미 그 손을 내려다보고 있자 강 대표는 얼른 손을 거두었다.

"제가 스킨십을 좋아해서 작가님한테 실수할 뻔했네요. 요즘엔 여자분들이랑 잘못 스치기만 해도 난리가 나던데……. 제가 워낙 여성 친화적인 사람인데 요즘은 여자분들 대하기가 참 어렵네요."

"어렵다기보다는 무섭죠."

관조가 맞장구를 치자 시오는 점점 난감해졌다. 그래서 혼란스러운 마음을 가라앉히고자 다시 만화에 집중해보기로 했다. 어쩌면 자신이 놓친 부분이 있을지도 모른다는 생각이 들었다. 페이지를 넘기다가 주인공이 자신의 직업관을 설파하는 장면이 나와서 유심히 살펴보았다. 그 와중에도 헐벗은 주인공의 유두가 두드러지고 다리 사이로 물줄기가 흘러서 내용에 집중하기가 어려웠다. 그럼에도 1권을 전체적으로 훑어본 바로는 주인공이 옷을 제대로 갖춰 입은 장면이 드물었다.

"대표님, 아무리 봐도 이 만화는 남성향 포르노인데요?"

시오는 1권을 멀찍이 밀어놓고는 마지못해 다음 권을 집어 들었다.

"계속 그림체 때문에 그러시나 본데, 열린 마음으로 전체 맥락을 보셔야죠. 처녀인 야설 작가가 자기 신념에 따라 처녀성은 지키면서 해방적인 섹스 체험들을 통해 멋진 작품을 쓴다, 그 과정에 동정인 편집자가 동참하고 둘은 진실한 사랑에 빠진다, 그리고 처녀와 동정남이 진정한 첫 경험을 하게 된다. 이 이야기가 어떻게 포르노가 될 수 있습니까?"

"그럼요. 이거야말로 건강한 섹스 코미디죠."

강 대표와 관조는 미리 입을 맞춘 듯 호흡이 딱딱 맞았다.

"혹시 작가님은 특별히 섹스 얘기를 꺼리시는 뭐 그런 게 있으신가요?"

"네? 무슨 말씀이세요?"

"작가님의 반응을 보니 이런 라이프 스타일에 거부감이나 선입견이 있으신 게 아닌가 하는 생각이 드네요. 불현듯."

강 대표가 동의를 구하듯 관조에게 시선을 보냈다.

"작가님이 워낙 글만 쓰시다 보니까 생활인의 감각이랑 멀어진 부분이 있는 것 같네요. 이건 장르적 특성으로 받아들이셔야죠. 만화라는 게 아무래도 글보다는 더 직접적인 표현 매체니까."

"아뇨. 저 만화 좋아하고, 생활인으로서 잘 살고 있고요. 그리고 제가 섹스를 어떻게 생각하든 주인공이 건강하고 즐거운 생활을 하고 있다면 전혀 문제가 없겠죠. 근데 이렇게 시도 때도 없이 다리 사이에서 물줄기가 흘러나오고 업무 미팅 중에 편집자 앞에서 가슴이 옷을 뚫고 튀어나오면 일상생활이 전혀 안 될 것 같은데요. 여기 보세요, 주인공 본인도 굉장히 당혹스러워 보이지 않나요?"

"그건 이 캐릭터가 가슴이 워낙 커서 어쩔 수 없는 부분이

겠죠."

시오는 만화책을 휙휙 넘기다 말고 두 사람이 볼 수 있도록 탁자 위에 내려놓았다.

"여기 대사를 한번 읽어볼까요? '선생님, 처음 봤을 때부터 음탕한 줄은 알았지만 정말 암캐처럼 잘 느끼시네요. 제가 선생님을 충분히 더럽혀드리고 싶어요.' 근데 암캐는 왜 나오는 거죠?"

강 대표가 시종일관 여유롭던 미소를 거두더니 갑자기 주머니를 뒤져 핸드폰을 꺼내 들었다.

"어휴, 왜 이렇게 메시지가 많이 왔어. 옆에서 바로 제작발표회를 하고 오는 길이라 확인할 게 많네요. 이 자리도 간신히 시간을 뺀 거라……."

관조는 강 대표의 눈치를 살피며 엉덩이를 들썩였다.

"안 그래도 개봉 일정 때문에 정신없으실 텐데, 그럼 저랑 작가님이 작품 더 살펴보고 바로 연락을 드리는 것으로 정리하겠습니다."

강 대표가 의자에서 엉덩이를 떼려는 순간, 시오가 탁자 위에 배낭을 쿵 소리가 나게 올려놓았다. 그러고는 배낭을 열어 안에서 커다란 박스를 꺼냈다. 두 사람은 시오의 기세에 밀린 듯 엉거주춤 다시 의자에 엉덩이를 붙였다. 시오는 침착하게 박스를 열어 고장 난 딜도를 꺼냈다. 그러곤 기둥 부분을 위로 세워 들었다. 강 대표와 관조는 그 물건의 쓰임새를 알아본 듯 경악한 표정을 짓다가, 이내 두려운 듯 주변을 힐끔거렸다.

"제가 여기 오기 전에 되게 정신이 없었어요. 이게 옆 블록에 있는 성인용품점에서 산 딜도형 바이브레이터거든요. 정확히 1년 4개월 전에 고심해서 산 친구예요. 원래는 아이보리를 사고 싶었는데 재고가 없어서 핑크를 사긴 했지만요. 아무튼 이 친구가 1년 좀 넘게 썼더니 제대로 떨지를 않더라고요. 보세요, 전원을 누르니까 불은 들어오는데 기둥이 떨지를 않잖아요? 이게 떨어줘야 제대로 느낄 수가 있는데 말이죠. 이걸 살 때 가게 대표님이 문제가 생기면 언제든지 오라고 했거든요. 그래서 오늘 다시 찾아갔더니 엄청나게 불친절한 직원이 보증기간이 지났다면서 제대로 봐주지도 않더라고요. 그래서 제가 어찌어찌 이걸 들고 이 자리까지 오게 됐네요. 완전 코미디죠?"

관조가 당황한 표정을 숨기며 억지로 웃어 보였다.

"박 작가님, 갑자기 이런 물건을 꺼내시면……."

"왜요? 방금 제가 한 얘기는 건강한 여자가 주인공인 섹스 코미디 영화와 거리가 먼가요?"

강 대표가 실소를 터뜨렸다.

"작가님, 주인공 욕심이 있으셨군요! 아무리 그래도 작가님이 직접 주인공을 하시기는 좀 어렵죠. 굳이 하신다면 휴먼 드라마?"

시오는 탁자 위의 만화책을 집어 들었다. 그러곤 한 손에 든 만화책과 다른 한 손에 든 딜도를 번갈아 두 사람 앞에 들이댔다.

"이건 건강한 여성의 섹스 코미디, 그리고 이건 휴먼 드라마라는 말씀이시죠?"

시오는 자신의 양손을 쳐다보고 있는 관조와 강 대표의 얼굴을 번갈아 보았다. 그러곤 만화책과 딜도를 겹쳐 탁자 위에 내려놓았다.

"이 두 가지 장르가 합쳐지지 않는 이유가 뭘까요? 제 다리 사이로 뭔가 흐르고 있지 않아서? 가슴이 옷을 뚫고 튀어나오지 않아서? 아니면 안경을 깨물면서 말하지 않아서?"

"작가님, 그러니까 그림체는 신경 쓰지 마시라니까요."

"그림체 때문이 아니라면 더더욱 궁금한데요? 대표님께선 이게 영화화된다면 주인공이 어떤 모습일지 상상해보셨을 것 같은데요. 그 주인공이 야설 작가가 아니라 시나리오 작가고, 지금 이 자리에 제가 아니라 주인공이 앉아 있다고 상상해보세요. 그럼 이 장면은 섹스 코미디가 되나요?"

"우리 주인공은 작가님처럼 이렇게 화를 안 낼 것 같은데요."

"여전히 외모와 태도의 문제라는 말씀으로 들리네요. 그리고 저는 화를 내는 게 아니라 제작될 영화에 대한 의견을 말씀드리고 있어요. 아까 여자들이 판을 쳐야 한다고 하셨는데, 제 의견 좀 냈다고 화를 낸 걸로 읽히면 곤란한데요."

말을 끝낸 시오가 딜도를 박스에 집어넣었다. 강 대표는 상황 파악이 덜 된 듯 어리벙벙한 얼굴이었다. 관조가 옆에서 안절부절못하며 두 사람을 번갈아 쳐다봤다.

"대표님, 작가님이 말씀은 이렇게 삐죽하게 해도 글은 기가 막히게 뽑아내실 거라 믿습니다."

"그런가요? 이 섹스 코미디의 주인공은 미팅이 끝나면 친구랑 밥을 먹으러 갈 텐데요. 그럼에도 이 영화가 음식 영화가 아니라 섹스 코미디가 되게 하려면 어떻게 써야 할지 고민인데요. 저녁에는 주인공이 목욕탕에 갈 텐데, 목욕 영화가 되면 큰일이고요. 참, 동정인 편집자랑 사랑에 빠지는 결말이라고 하셨는데 마지막에 사랑 영화가 되면 안 되겠네요. 그림체와 상관없이 주인공이 뭘 해도 섹스 코미디가 되는 글쓰기라…… 생각보다 어려울 것 같네요."

시오는 배낭을 메고 자리에서 일어나 꾸벅 묵례했다.

"그래도 오늘 직업적으로, 성적으로 건강하고 발전적인 대화를 나눌 수 있어서 좋았습니다. 앞으로 제가 새 글도 쓰고 새 딜도도 살 수 있도록 여러모로 잘 부탁드립니다."

시오는 뒤도 돌아보지 않고 카페를 빠져나왔다. 강 대표가 관조에게 뭐라고 소리를 치는 듯했지만 듣고 싶지 않아 카페가 시야에서 사라질 때까지 빠른 걸음으로 뛰다시피 걸었다. 어느덧 주변 풍경이 달라져서 고개를 들어보니 미팅 전에 들렀던 성인용품점 앞이었다. 불친절한 직원은 보이지 않고 다른 직원이 카운터 앞에서 고개를 수그린 채 키득거리고 있었다. 자세히 살펴보니 그는 만화책을 읽고 있었다. 그가 보고 있는 책에 자꾸만 아까 그 만화책이 덧씌워져서 시오는 고개를 세차게 흔들었다.

문득 가방이 무겁게 느껴졌다. 이대로 고장 난 딜도를 역 안 쓰레기통에라도 버리고 갈까 하다가 고개를 저었다. 지난 1년간 함께한 시간이 떠오르자 그런 생각을 한 게 미안하기까지 했다. 더구나 다른 사람의 손에 의해 치워질 걸 떠올리면 영 찝찝했다. 집에 돌아가면 다음 딜도가 생길 때까지 다시 화장대 위에 올려두자고 마음먹었다. 그걸 들여다보고 있으면 진짜로 섹시한 코미디 영화를 한 편 쓸 수 있을 것 같았다. 그 영화에서는 주인공의 딜도가 10년이 지나도 고장 나지 않기를 바랐다. 시오는 주인공이 느낄 10년 치 오르가슴을 상상하며 빠르게 지하철역으로 내려갔다.

당신의 능력을 보여주세요

LGBTQIA+

몇 년 전부터 가르치는 학생들이 자기소개를 하는 시간에 이런 얘기를 해요.

"저는 젠더퀴어예요. 저는 바이섹슈얼이에요. 저는 폴리아모리예요. 젠더플루이드예요. 에이섹슈얼이에요. 퀘스처너리예요."

처음엔 '그래, 그렇구나' 하고 넘겼어요. 요즘 청소년들 사이에서 자기 성 정체성, 성적 지향을 이야기하는 게 어떤 일인지 정확히는 모르겠지만, 어쨌든 제 수업에 오는 학생들은 대수롭지 않게 이야기하기에 그냥 '그런가 보다' 했죠. 그 얘기를 40대 게이 친구에게 했더니 그가 눈을 휘둥그렇게 뜨면서 놀라더라고요.

"그런 얘기를 해? 사람들 앞에서? 나는 평생 숨기느라 애를 썼는데? 그런데도 애들이 어떻게든 알아내서 막 때렸는데?"

학생들과 함께하는 시간이 길어질수록 제가 그들이 하는 말의 정확한 의미를 모른다는 것 때문에 대화가 점점 힘들어졌어요. 처음엔 '단어 몇 개 모른다고 이 세상 살아가는 데 문제없지' 하고 넘겼는데, 점점 안 되겠다 싶어서 모르는 단어를 학생들에게 물어보기도 하고, 따로 적어와 친구들에게 물어보기도 했어요. 성 소수자 친구들이 공부에 도움이 되는 자료들을 보내줘서 그걸 읽고 외우기도 했고요. 그런데 공부를 하다 보니 점점 그런 생각이 들더라고요.

나는 정말 시스젠더 헤테로 여성인가? 정말 그런가?

나는 중성이다

어느 여성 아티스트가 인터뷰에서 '나는 여성도, 남성도 아니다. 나는 중성이다'라고 말한 걸 가지고 제 주변 성 소수자 친구들이 굉장히 웃었던 적이 있어요. 그냥 웃은 게 아니라 비웃었죠. 성 정체성 때문에 평생 투쟁하며 살아가는 사람들이 존재하는데, '중성'이라는 말을 저렇게 느낌만 가져와 쓸 수 있느냐는 거죠. 그 지적을 들으면서 속으로 뜨끔했어요.

저는 어릴 때부터 제가 남성이면 좋겠다고 생각하면서 살아왔어요. 그런데 어떻게 봐도 여성으로 보이는 몸을 가지고 있으니까 '자, 그렇다면 스스로 중성이라고 생각하면서 살아보자'라고 결심했거든요. '얘들아, 나는 중성이야'라고 말해본 적은 없지만, 사회에서 '여성적'이라고 부르는 이미지를 피하려고 노력했죠. 예를 들면, 허리 라인이 들어간 블라우스나 레이스가 달린 속옷을 사지 않는다든가 하는 식으로요. 그리고 브래지어를 쭉 하지 않았네요. 사회가 여성의 젖꼭지에 부여한 의미가 너무 크다 보니까 브래지어를 하지 않는 것이 쉽지는 않더라고요. 주변에서 여성, 남성 할 것 없이 수많은 사람들이 제게 브래지어를 하고 다니라는 충고를 엄청나게 했어요. 거기서 그치는 게 아니라 미친년이라고 욕도 많이 먹었지요. 그때마다 다른 데보다 조금 더 살이 많고 색이 짙은 이 가슴과 젖꼭지라는 신체 부위가 대체 뭘까 싶었죠. 여기에 어떤 맥락과 가치가 있기에 이 많은 사회 구성원들이 나서서 단속하려 할까. 게다가 그렇게 브래지어를 하라고 충고하던 사람들이 막상 브래지어를 한 여성들에게는 '브래지어 끈이 보인다'며 또 다른 지적을 하더라고요. 브래지어는 꼭 해야 하지만 끈은 보이면 안 된다? 대체 가슴은 뭐고 브래지어는 뭘까. 의문은 점점 커지는데 아직까지 적절한 해답은 찾지 못했어요. 아, 갑자기 생각난 건데 어릴 때 제 별명이 '빤스벨라'였거든요. 집에서 팬티 외에 다른 것은 걸치기를 싫어하던 제게 아빠가 붙여준 별명이었어요. 그건 지금도 마찬가지예요. 그런데 줄곧 빤스벨라로 생활해온 제게 애인들이 이런 말을 하는 거예요.

"너는 항상 벗고 있으니까 막상 섹스할 때 흥분이 안 된다."

섹스라는 것은 내내 감추고 있던 몸의 부위를 볼 수 있기 때문에 좋은 것일까요? 그렇다면 섹스의 필요조건에 항상 내놓고 다니는 얼굴은 들어가지 않는 걸까요? 그럼 키스는 왜 하는 걸까요?

아까 중성 얘기로 돌아가볼게요. 저는 남성이 될 수 없다고 생각해서 스스로 중성이라고 속이며 살아온 여성이에요. 결과적으로 제가 살아온 방식은 '명예 남성'이라는 지칭에 걸맞을 것 같네요. 저는 스스로 중성이라고 암시를 걸면서 여러 남성 집단에 잘 어울리는 사람이 되려고 애를 썼어요.

무료 호스티스

호스티스로 일했던 친구에게 들은 이야기가 생각나네요. 호스티스 클럽의 마담이던 엄마와 폭력배이던 아버지 사이에서 태어난 친구는 '이 세상에서 네가 할 수 있는 일은 이것뿐이다'라고 말하는 엄마에게 이끌려 10대 때부터 힐을 신고 화장을 하고 호스티스 일을 시작했어요.

겨우 끌어 모아둔 자존감은 엄마와 손님들에 의해 차근차근 부서졌고, 그는 매일 손님을 상대하며 자기 입에서 나오는 가짜 이름과 가짜 이야기를 외우느라 머리가 터질 지경이었다고 해요. 손님들은 그게 가짜라는 걸 어렴풋이 눈치챘는지 그에게 이렇게 말하곤 했대요.

"진짜 너를 알고 싶어."

친구는 호스티스로 일하는 한 자기가 거짓말을 할 수밖에 없다는 사실을 왜 그들이 모르는지 이해할 수 없었대요. '진짜'라면 그들이 피우는 담배의 상표를 외우지도, 재미없는 농담에 웃으며 칭찬을 늘어놓지도 않을 텐데 말이죠.

하루는 친구가 여전히 엄마가 마담으로 있는 가부키초의 클럽을 보여줬어요. 우리는 직원들이 출근하기 전 낮 시간에 몰래 들어가 내부와 옥상을 구경했어요. 옥상으로 가는 계단은 굉장히 좁고 가파르고 뭐 때문인지 미끄러웠어요.

“매일 여기 올라와 오바이트를 했어. 그리고 저기 보이는 가부키초 시내를 내려다보며 앉아 있었어.”

정기적으로 남성호르몬 주사를 맞으며 FTM 트랜지션 중인 친구는 곧 태국에 가서 가슴 제거 수술을 할 예정이에요.

그는 너무 어릴 때 일을 시작했고, 엄마에게 본인이 할 수 있는 일은 그것뿐이라 배웠기에 자연스럽게 호스티스를 하나의 직업으로 생각했대요. 그런데 몇 년 동안 그 일을 하면서 종종 남자 손님과 함께 온 여성들이 자기와 똑같은 일을 하면서 돈을 받지 않는 것을 보고 의문이 생겼다고 해요.

왜 저 여성들은 호스티스 일을 공짜로 하는 걸까?

친구는 호스티스로 일하면서 남성 손님들의 비위를 맞춰주고, 술을 따라주고, 말 상대를 해주고, 그들이 자신의 몸을 만지도록 허락했어요. 하지만 그들이 바에 데려와 동석한 여성 손님들은 다른 직업이 있으면서 자기 일을 따라 하는 것처럼 보였대요. 그렇다고 자기처럼 돈을 받는 것도 아닌데 말이죠. 그 의문은 친구가 호스티스 일을 그만두고 사회에 나와 다른 일을 하면서도 계속되었다고 해요.

친구가 제 20대 때 모습을 보았다면 어땠을까요? 새로운 스타일의 호스티스를 보았다고 생각했을까요? 왜냐하면 저는 겉으론 중성의 이미지를 하고 있었을 테니까요.

창조 과제

제가 전에 했던 스탠드업 무대를 돌아보면 굉장히 자유롭고 호전적인 사람으로 저를 표현했던 것 같아요. 무대만 봐서는 거침없이 삶을 즐기는, 섹스를 즐기는 사람으로요. 그런 무대를 한 지 몇 년밖에 안 지난 것 같은데, 저도 제가 이렇게 변할 줄 몰랐어요. 그 변화들 때문에 머리도 아프고 몸도 아프네요. 어쨌든 가장 큰 변화는 제가 섹스를 못 하게 되었다는 거예요. 많이 놀라셨죠? 저도 놀랐어요.

변화는 몇 년 사이에 서서히 찾아왔어요.

제가 자의로 머물렀던 무수한 공간 속에서 행한 수많은 섹스들을 떠올려봤어요. 그것들을 떠올리면 어떻게 설명해야 할지 모를 정도로 많은 감정과 생각이 따라와요. 그때 나는 행복했나? 사랑하고 사랑받았나? 즐거웠나? 무엇보다 나는 그것을 원했나? 섹스하고 난 뒤에 아무 생각도 안 들면 좋을 텐데, 다른 건 다 제쳐두고 이 질문이 항상 따라왔던 것 같아요.

왜 이렇게밖에 할 수 없지?

이 질문과 함께 제가 했던 행위들을 다시금 되돌아보면, 凹 이렇게 생긴 곳에 凸 이렇게 생긴 것을 넣는 동작을 왜 그리 열심히 했나 싶어요. 그때는 그게 사랑의 표현이라고 열심히 믿으려 했던 것 같아요. 그건 언제, 어디서 배운 공식이었을까요. 제가 했던 섹스 중에는 그 공식으로 이루어지지 않은 것도 많아서 지금은 그게 절대적이라고 믿지는 않지만요.

그래서 요즘엔 '섹스=사랑' 공식에서 '섹스' 칸을 대체할 뭔가를 찾고 있어요. 사람들은 원래 이유도 잘 모르면서 새로운 것을 원하잖아요. 사랑하는 사람과 함께하면서 사랑의 표현을 주고받기 위해 뭘 하면 좋을까요. 몸에 뭔가를 삽입하는 것으로 사랑을 표현해야 한다면 지금까지 해왔던 것과는 다른 방식으로 하고 싶어요. 귓구멍이나 콧구멍…… 또 어디가 있을까요. 이것도 이상하긴 하네요. 왜 이렇게 구멍을 찾는 건지…….

어릴 때 가지고 놀던 인형처럼 사람 몸에 凹 이렇게 생긴 곳도, 凸 이렇게 생긴 곳도 없으면 좋겠어요. 만약 인간을 만든 게 성경에 쓰인 대로 하느님이라면 그는 어느 쪽일까요? 凹 쪽일까요, 凸 쪽일까요? 먼저 만든 인간이 凸 쪽이라고 하니까 대부분 하느님도 그쪽이라고 생각하는 것 같은데, 과연 그럴까요? 성경에는 여성화된 신은 하나도 안 나오는 것 같은데, 그럼 사람을 만들 때 굳이 凹은 왜 만들었을까요? 그런 창조법을 '크리에이티브' 하다고 생각해야 할까요? 제게 이 모든 창조를 심사할 수 있는 자격이 있다면, 저는 하느님의 창조 과제에 F를 주고 싶네요.

그러니까 하느님, 당신의 능력을 다시 보여주세요.

가능하면 다음 주까지 보여주시면 좋겠어요. 저는 주말에도 출근을 하니까 주일에 보내주셔도 검토할 수 있습니다.

3
부

한국 사람의 한국 이야기

"내가 알아야 할 게 뭐야? 빨리 알려줘."

양은 주전자에 든 막걸리를 잔에 따르며 나를 재촉하고 있는 이 친구와는 20대 초반에 가깝게 지냈다. 우리는 '수요회'라는 이름의 모임을 만들어서 일주일에 한 번씩 모였다. 수요회의 목적은 '목적 없는 만남'이었다. 남녀 커플 두 쌍과 재미 교포 한 명으로 구성된 다섯 명의 멤버는 전쟁 기념관에서 롤러스케이트를 타거나 호숫가나 강변에 돗자리를 깔고 놀았다. 아무 목적도 없이 만나자며 여유 있는 척했지만 막상 누구 하나라도 모임에 빠지면 비난의 목소리가 높았다. 나는 수요회에 세 번 정도 빠졌다가 멤버 한 사람 한 사람에게 전화로 해명을 해야 했다. 그때마다 우울증 때문이라는 핑계를 댔다. 멤버들은 그런 나를 굉장히 차갑게 대했고, 여유는커녕 강압적이기만 하던 수요회는 금세 해체를 맞이했다.

"야, 한국말 너무 많이 들려서 짜증 난다."

한국말이 듣기 싫다고 한국말로 불평하고 있는 이 친구가 당시 수요회에 빠졌던 나를 가장 많이 비난했었다. 수요회 해체 이후, 얼마 지나지 않아 친구는 런던으로 유학을 갔다. 그러곤 런던에서 몇 년 공부하나 싶더니, 지금은 뉴욕에 있는 대학원에 다니고 있다고 했다. 어느 날 갑자기 내가 일하는 카페에 나타나 그런 얘기를 했다. 한국에 잠깐 들어와 페이스북을 뒤져보다가 내가 일하는 곳을 알게 됐다고. 7년 만에 마주한 친구의 웃는 얼굴 앞에서 나 또한 미소를 지어 보일 수밖에 없었다.

나는 사장에게 부탁해 조금 일찍 퇴근한 뒤 10년 전에 드나들던 가게를 찾았다. 오래된 막걸릿집은 그사이 리모델링을 거쳐 새로운 손님을 맞이하고 있었다. 친구는 전보다 과하게 번쩍이는 실내장식을 보고 인상을 찌푸렸다.

"옛날에는 나름대로 운치가 있었는데, 왜 이렇게 된 거야? 한국인들은 왜 모든 걸 가만히 내버려두지 않는 거지? 저 벽

좀 봐. So cheesy."

친구에게서 자연스럽게 영어가 새어 나왔다. 친구는 그간 1세계에서 경험한 어이없는 인종차별이나 백인 남성들이 지닌 아시아 여성에 관한 편견에 대해 들려주었다.

"게네들은 내가 몇 살인지 가늠도 못 한다니까? 심지어 미성년자로 생각한다고."

서른을 넘긴 우리가 미성년자로 보이는 1세계란 어떤 곳일까. 나는 친구의 이야기를 들으며 그곳에 대한 이미지를 나름대로 구축해보려고 애썼다.

"그래서 자꾸 내 아이라인만 진해지잖아. 나를 fucking baby로 보니까."

친구는 예전부터 스모키 메이크업을 즐겨 했다. 전에는 좀 더 얇았던 것 같은데 지금은 눈두덩 위쪽이 전부 검은 아이라인으로 뒤덮여 강한 인상을 주었다. 그 눈을 계속 들여다보며 대화를 하자니 밀린 피로가 몰려왔다.

"아무튼 요즘 제일 hip한 게 뭐야? 누구야? 어디야? 빨리 알려줘."

"글쎄, 나도 요즘 많이 안 다녀서……."

"그래도 나는 뉴욕에서 왔잖아. 나보다는 네가 더 많이 알겠지."

그보다는 친구에게 뉴욕에 대한 이야기를 더 듣고 싶었다. 아시아 여성에 관한 편견이 있다지만, 인종차별도 여전하다지만, 그래도 뉴욕은 뉴욕일 테니까. 거기서 살고 공부한다는 건 어떤 느낌일지 궁금했다. 집도 가난하고 본인도 가난한 나 같은 사람에게 유학이라는 건 상상만 해볼 수 있는 일이었다.

"너는 대학원에서 뭘 전공하는 거야?"

"Film marketing. 근데 미국 애들 진짜 멍청하다."

"멍청하다고? 어디가?"

"내가 애들이랑 얘기를 해보잖아. 그러면 미국 본토 애들은 진짜 멍청해. 뭔가 악에 받친 게 없어. So naive. 한국이나 3세계에서 유학 온 애들이 진짜 똑똑하고."

"그래? 역시 우리는 한(恨)의 민족인가?"

"푸하하, 네 말이 맞다. 걔들은 한이 없어."

미국 애들이 그렇게 멍청하다면, 친구는 왜 미국에서 공부를 하고 있는 걸까? 나는 친구가 영화를 공부하고 있다는 것도 신기했다. 학부에서 나는 영화 연출을 전공했고, 친구는 예술 이론을 공부했기 때문이다. 나는 실기과, 친구는 이론과여서 당시 내 작품에 대한 비평을 듣는 일이 잦았다. 친구가 생각보다 신랄하게 작품을 평가해주어서 때때로 작품을 보여주는 것이 두렵고 싫기도 했다. 하지만 작품을 만드는 작가로서는 피할 수 없는 일이라고 생각했고, 비평은 이론일 뿐이라고 스스로를 이해시키려 노력했다.

"너도 영화 만들어봤어?"

"어. Short film 몇 개? 이번에 돌아가면 바로 production 시작하고."

"그래? 어떤 거 만들었는데?"

"그냥 내 얘기? 나랑 엄마 얘기? 뭐라고 하지? Something like mother complex?"

"마더 콤플렉스?"

"응. 나 엄마 무서워하잖아."

그러고 보니 친구는 통금이 있었다. 우리는 수요회를 만들기 전에도 일주일에 몇 번씩 함께 노는 사이였는데, 친구는 한 번도 같이 밤을 새우거나 다른 집에서 자고 간 적이 없었다. 언제나 11시 전에는 집으로 돌아갔다. 나는 진즉에 집에서 독립해 나와 살고 있었기 때문에 친구가 돌아간 다음에도 다른 애들과 좀 더 마시고 놀거나 다른 친구 집에서 뒤엉켜 놀다가 며칠 후에 겨우 내 집으로 돌아가곤 했다. 친구는 우리가 그렇게 한껏 노는 게 부러웠던 걸까? 그래서 내가 수요회 모임에 몇 번 빠진 걸 가지고 그렇게 분노했던 걸까?

"너희 엄마 많이 무서워?"

친구의 유학은 도피성이었을까? 내 여자 친구들 중에서도 상당수가 족쇄 같은 엄마에게서 벗어나기 위해 독립을 하거나 유학을 떠나기도 했다. 정작 나는 엄마에게서 벗어난 지 너무 오래되어 무서웠는지 어땠는지도 잘 기억나지 않았다.

"우리 엄마 such a horror. 내가 스모키 메이크업을 하게 된 것도 엄마 때문이잖아."

"왜?"

"엄마한테 보여주고 싶어서. 나도 성깔 있다는 거."

그 때문이었나. 친구의 두꺼운 아이라인이 점점 더 피로해 보였다.

"이거 지우면 진짜 똥강아지 얼굴 돼."

"귀엽겠다. 나도 보고 싶다."

"내가 너 안 보여줬나?"

"어. 볼 기회가 없었지."

"야, 그러지 말고 뉴욕 한번 놀러 와. 우리 집에서 자면 되잖아. 그때 보여줄게."

"뉴욕을 무슨 돈으로 가냐. 아직 학자금 대출도 못 갚았는데."

"그래? 나는 그래도 엄마가 학비는 대줬다. 대신 내 자유가 없어졌지만."

생각해보니 나도 엄마를 무서워했던 것 같다. 기억을 더듬어보니 하나씩 떠올랐다. 엄마는 내가 어릴 때부터 심한 우울증을 앓았는데, 그래서인지 체벌을 할 때 감정 조절을 못 했다. 집 안에 있는 물건은 모두 엄마가 나에게 집어 던지기 위해 존재하는 것이나 다름없었다. 결국 이것저것 몸으로 받아내는 데 지쳐서 10대 때 가출한 뒤 두 번 다시 집에 돌아가지 않았다. 그 당시 가지고 있던 기십만 원으로 바득바득 옥탑방을 얻었다. 당연히 생활비를 벌기 위해 알바를 뛰어야 했고, 내가 벌던 푼돈으로는 턱도 없어서 4년 내내 학자금 대출을 받아야 했다. 엄마는 내가 대학에 가는 것도 탐탁지 않게 여겼다. 내가 대학에 가는 게 싫었던 걸까? 내가 뭔가가 되는 게 싫었던 걸까? 내가 뭔가가 될 수 있다고 생각하기는 했을까?

"그래도 이젠 엄마한테서 자유로워진 거 아니야?"

"Never. 그것 때문에 유학 간 건데 전혀 아니야."

"어떻게 전혀 아닐 수가 있어?"

"엄마 돈으로 공부하는 거잖아. 그러니까 돈 주는 사람이 시키는 대로 해야지. 그걸 뭐라고 하지? Remote control? 원

격 조종당하는 거나 다름없어. 그리고 엄마가 자주 와, 뉴욕에."

"와서 뭐 하시는데?"

"뭐 하긴, 나 감시하지."

친구는 당연하다는 듯이 말했다. 어머니는 친구가 만든 영화를 보셨을까? 갑자기 궁금해졌다.

"네가 만든 영화, 너희 엄마가 봤어?"

"Of course not! 그걸 어떻게 보여줘!"

"네가 영화 만드는 건 아실 거 아니야."

"엄마 나오는 거 말고, 내가 1학년 때 만든 이상한 거 있어. Experimental film. 아무 내용도 없는 그런 거. 그건 보여드렸지."

딸들은 언제까지 엄마를 무서워해야 하는 걸까? 반대로 엄마들은 왜 딸을 무섭게 하는 걸까? 학부 실기 시간에 실험적이고 자전적인 영상 작품을 만들어야 했던 적이 있다. 그 작업을 위해 나는 카메라 앞에 앉아서 10분 정도 셀프 인터뷰를 했다. 그러면서도 나중에 그 영상을 다시 볼 게 너무 부끄러워서 일부러 가벼운 이야기만 꺼냈다. 결국 내가 했던 얘기가 너무 가벼워서 그걸로 작품을 만드는 게 더 어려워졌다. 용기를 내서 어둡고 부끄러운 이야기를 꺼냈던 친구들은 끝까지 힘 있는 작품을 만들었는데, 나는 그러질 못했다. 다시 그 과제를 할 수 있다면, 나도 엄마 이야기를 하고 싶었다. 내가 가장 무서워하는 사람. 하지만 사랑해야만 할 것 같은 사람. 그게 거짓일지라도 끝까지 사랑하는 척해야만 할 것 같은 사람.

"나도 엄마한테 내 작품은 보여준 적 없어. 보여준다고 생각만 해도 약간 소름이 끼치려고 하네. 왜지?"

"네 작품? 왜? 헤테로 남녀가 나와서 연애하고 끝이잖아. 네 작품은 누가 봐도 나쁠 게 없는데?"

내 작품이 '누가 봐도 나쁠 게 없다'는 친구의 평가가 거슬렸다. 그 말인즉슨 내 작품에 아무런 힘도 없다는 뜻이 아닌가. 누구에게도 거슬리지 않으니 아무 느낌도 주지 못하고, 결국엔 이 세상에서 사라져도 누구 하나 아쉬워하지 않는다는 말이 아닌가.

"야, 그 말 되게 듣기 싫은 말인 거 알아?"

나는 오랜만에 용기를 내서 친구에게 한마디 쏘아붙였다. 그동안 친구가 예술 이론이랍시고 평가의 말을 늘어놓을 때마다 내내 하고 싶던 말이었다. 이제 친구는 이론과도 아니고, 자기 엄마에게도 보여주지 못할 실험 영화나 만들고 있으니 나와 같은 처지가 아닌가.

"음, 그건 그렇네."

"그래. 너도 그런 거 만들었을 테니까 잘 알겠지."

"무슨 말이야?"

"너도 엄마한테 그런 거 보여줬다며. 아무 내용 없는 영화."

친구가 말없이 주전자를 기울여 막걸리를 따른 뒤 쭉 들이켰다. 분위기가 좋지는 않았다. 하지만 같은 하늘 아래 살고 있지도 않은데, 딱히 분위기를 좋게 하려고 애쓸 이유는 없었다.

"그래."

막걸리로 목을 축인 친구가 다시 입을 뗐다.

"그럼 한번 말해보자."

"뭘?"

"너나 나나 진짜 하고 싶은 얘기가 뭔지. 아무 내용 없는 거 말고."

내가 입을 다물자 친구는 준비한 것처럼 술술 말을 이어갔다.

"나는 그래. 진짜 하고 싶은 얘기는 엄마 때문에 내가 얼마나 좆같은 사람이 됐는지 그거거든. 그 얘기를 하려고 영화하는 거거든. 너는 뭐니? 왜 영화를 하니?"

친구는 언제나 나보다 말을 잘했고, 타이밍도 나보다 잘 맞췄다. 이번에도 그렇게 된 것 같았다.

"말 잘한다."

"뭐야, 지금 나 놀리니?"

"아니, 진짜야. 그렇게 바로 말할 수 있다는 게 대단해서."

"너도 그냥 말해. 왜 영화를 하는지, 그렇게 아무에게 아무 영향도 미치지 못하는 작품을 만드는 이유가 뭔지, 나처럼 하고 싶은 말은 따로 있는데 아직 못 했는지, 아니면 그렇게밖에 못 하는 건지 한번 말해보라고."

"말하기 싫은데."

"뭐야, 유치하게."

"나는 말하기 싫어서 영화를 만드는 건데. 너처럼 뭔가를 말하라고 강요하는 사람들이랑 말 섞기 싫어서 영화를 만드는 거라고."

"그게 뭐야. 말하기 싫어서 영화를 만든다고? 근데 그 영화에도 아무 내용이 없고? 그럼 결국 아무것도 아닌 말을 하려고 굳이 영화를 만들고 있다는 말이네?"

그랬다. 나는 아무것도 아닌 말을 하려고 굳이 돈과 시간을 들여, 게다가 남에게 신세를 져가며 영화를 만들고 있었다. 정말 이상한 짓일지도 모른다. 하지만 그게 어때서…….

친구는 엄마에게 뭔가를 말하려고 뉴욕까지 가서 영화를 만들고 있고, 나는 여기서 아무것도 아닌 말을 하려고 영화를 만들고 있다.

우리 둘 다 이상한 사람일까, 아니면 그냥 영화를 만드는 사람일까.

"너는 한국말이 지겹댔지."

"뭐?"

"그리고 여기 인테리어가 바뀐 것도 구리댔지."

"그게 뭐? 사실이잖아."

"그래도 너는 한국 사람이야. 뉴욕에서 엄마에 대한 이야기를 만들려고 하는 한국 사람. 그리고 우리는 이렇게 말만 하는 게 전부지. 나는 한국어로 생각하고 말하고, 너는 한국어로 생각하고 영어로 말하고. 네가 영어로 생각까지 할 수 있게 된다고 해도 너는 한국 사람, 한국 여자일 거야. 네가 그토록 지겹다고 하는 너희 엄마 같은 한국 여자."

"What the fuck?"

"나는 오늘 어떤 한국 여자랑 영화가 어쩌고저쩌고하면서 얘기를 나눴어. 이대로 집에 돌아가서 이 이야기로 시나리오를 쓸 수도 있을 거야. 그럼 이 이야기는 한국 영화가 되겠지. 네가 말한 것처럼 아무에게도 아무것도 아닌 이야기.

아무것도 아닌 한국 여자 둘이 아무것도 아닌 이야기를 떠들고 결과적으로 누구에게 어떤 영향도 미치지 못하는 그런 영화. 거기서 나랑 너는 한국 여자 1, 2가 되겠지."

"너야말로 한국에서 태어나서 한국 생활만 해본 한국 여자지. 그에 비하면 나는 명예 미국인 정도는 될걸?"

"차라리 불명예 한국인이라고 하지. 네 입으로 말하기에 그편이 덜 쪽팔리지 않니?"

"Shut up. 아무튼 내가 나오는 영화 만들기만 해. 아니, 오늘 한 얘기 한 토막이라도 영화에 쓰기만 해. 내가 지켜볼 거야!"

"지켜봐준다니 고맙네. 누가 봐도 나쁠 거 없는 영화보다는 네가 봐서 기분 나쁜 영화라도 만들고 싶은데."

"만들기만 해! 너 그 영화 만들기만 해!"

친구가 자리에서 벌떡 일어나더니 씩씩대며 핸드폰을 꺼내 들었다. 나한테 집어 던지려는 줄 알고 움찔 놀랐으나 친구는 음성 녹음 앱을 켰다.

"Two thousand nineteen, seventeen March. 9 pm."

친구는 녹음 중인 화면을 내 얼굴 앞에 들이밀었다. 명예 미국인이라더니 대응 방식도 미국식으로 바뀐 모양이었다. 차라리 예전처럼 뭐라도 날아왔다면 조금 친근감이 들었을 텐데.

"오늘 이 자리에서 나온 얘기 한마디라도 영화에 나오면 너 고소할 거야. 난 분명히 말했어."

"그래. 그때까지 꼭 정식 미국인 돼라."

친구가 괴성과 함께 탁자 위의 잔을 낚아챘다. 이번엔 정말 날아온다 싶어서 질끈 눈을 감았다. 곧 짭짤하고 미지근한 막걸리가 얼굴을 타고 흘러내렸다. 나는 납작한 이마를 타고 콧등으로 흐르는 막걸리 줄기 사이로 친구를 올려다보았다. 친구의 얼굴에서 아이라이너와 뒤섞인 시커먼 눈물이 주르륵 흘러내렸다. 요즘 워터프루프로 잘 나온 국산 아이라이너가 얼마나 많은데. 이 앞에 줄지어 늘어선 드럭 스토어에서 아이라이너를 몇 개 사서 들려 보내야겠다는 생각이 들었다. 물론 친구 어머니가 정해둔 통금 시간 전에 말이다. 우리에게는 남은 시간이 별로 없었다.

나는 오늘 들었다

"'나는 저기 있는 저 세상에서 살래요'라고 했어. 그 얘긴 뭐냐면, 나는 내 식대로 살아가겠다는 거지. 그러니까 스님이 두말 안 했어."

나는 오랫동안 무기력감에 빠져 있었다. 삶에 대한 의욕이 없었고, 몇 번의 시도 끝에 자살도 무리라는 결론을 내린 참이었다. 그럼 이제 뭘 할 수 있을지 생각하다가 정신과 상담을 다녀보기로 했다. 그로부터 2년이 지난 오늘이 상담의 마지막 날이었다. 오늘따라 선생님은 나에게 별다른 질문을 하지 않고 본인의 이야기를 길게 풀어놓았다. 그 때문인지 더 마지막처럼 느껴졌다. 나는 선생님의 이야기를 한 단어, 한 꼭지도 놓치고 싶지 않았다.

"하여튼 그래. 그러다가 대학교에 다닐 때, 그때는 용산역이 이렇지 않았어. 옛날엔 참 낭만이 있고 운치가 있었어. 그 겨울에 내가 용산역 새벽길을 걸었어. 눈이 굉장히 많이 왔지. 새벽에는 가로등이 밝게 켜져 있잖아. 그 눈을 보면서 내가 속으로 이랬어. '인간은 말을 하는데, 이러한 말은 어디서부터 왔는가.'"

선생님을 처음 만났을 때가 생각났다. 칠순은 되어 보이는 할머니 한 분이 머리를 보라색으로 물들이고, 귀와 목 그리고 팔목에 주렁주렁 장신구를 단 채 어두운 갤러리 구석에 혼자 앉아 계셨다. 은퇴한 정신과 의사라는 이야기는 전해 들었지만 그 꾸밈새에 놀랐고, 의심을 했고, 이내 빠져들었다. 상담은 선생님의 지인이 마련해주신 곳에서 했는데, 어느 날은 문 닫은 재즈 바였고 또 어느 날은 문 닫은 갤러리였다. 나는 무기력감에 빠져 휘청거리며 한 달에 한 번씩 그곳을 찾아갔다. 삼청동은 수많은 사람들과 그들의 사랑과 그걸 노리는 상술이 뒤섞여 항상 시끌벅적했다. 그들을 지나 지하 갤러리나 재즈 바에 무사히 도착하면, 조용하고 서늘하게 담배 연기를 내뿜고 있는 선생님이 계셨다.

"말. 우리는 말을 하고 살잖아. 근데 이러한 단어들은 도대체 어디에서 왔는가. 그 순간 환영이 보였지. 흰 눈 내린 데에 '태, 초, 부, 터, 있, 었, 다' 하고 글씨가 박혀 있는 거야. 그게 나한테 각인이 된 거지. 소리가 들리진 않았어. 속으로 그렇게 질문했더니 답을 얻은 거지. 근데 그때는 너무 어렸기 때문에 쓰인 걸 봤다고 믿은 거야. 진짜는 내 마음에서 그런 답을 얻은 건데, 그때는 그렇게 생각 못 했어. 신이 적은 거라고 생각하면서 '아, 신이 있구나' 그랬지. 그러니까 내가 나를 몰랐던 거야. 무슨 얘긴지 들리냐?"

나는 오랫동안 신과의 대화를 꿈꿨다. 신을 만나면 물어볼 말을 생각해두기도 했다.

왜 이 불행한 세상을 만들었습니까?

나는 왜 살아 있습니까?

그리고 이것은 언제까지 계속됩니까?

"그래서 내가 천주교를 다니기 시작한 거야. 친구 중에 천주교 신자가 있었는데 걔가 놀란 거지. 내가 교리를 받는다니까 '너같이 이성적인 애가 어떻게 성당을 가? 말도 안 돼. 너 분명히 교리 못 받아' 그랬어. 어쨌든 명동성당에 교리를 받으러 다니는데, 다행히도 좋은 신부를 만나서 개근상까지 받아가면서 다닌 거야. 그리고 영세를 받았어. 나는 성당에서 성경을 가르쳐줄 줄 알았네? 근데 미사만 보고 있는 거야. 그러니까 나는 성경을 통해서 신의 말씀, 하느님의 말씀을 알고 싶은데, 그건 안 가르쳐주는 거지. 그래서 뭐 이런 데가 있나 싶어서 혼자 성경 공부를 시작했어.

내가 서울대 엘리트 집단이었잖아. 우연히 물리대에서 박사 과정을 하면서 파스칼 논문을 쓰는 여자애를 만난 거야. 나보다는 엄청 선배였지. 그 언니랑 성경 공부를 하는데, 어라? 이게 서울대를 헛다니는 거야. 왜냐하면 내가 질문을 해도 얘가 논리적으로 답을 못 하니까. 그래서 내가 그 언니한테 성경 공부를 안 하겠다고 했어. 논리로 얘기를 해줘야지, 성경도 분명히 논리적인 건데. 이제 하지 말자고 했어. 그러고는 나 혼자서 공부하다가 모순을 너무 발견하기에 덮었어. 그리고 불교 철학을 공부했어. 그러니까 난 너무 바쁘게 지냈어. 데이트 같은 건 뭐 안중에도 없었지."

선생님은 나와 마찬가지로 신을 찾는 사람이었다. 하지만 나보다는 신과 가까운 사람이라고 생각했다. 보라색이나 붉은색, 때로는 파란색으로 물든 머리카락과 주름진 목에 걸린 술 장식의 스카프, 작은 나무 귀걸이가 그런 이미지를 만드는 데 한몫했다. 나는 선생님과 상담 시간에 나란히 맞담배를 피웠다. 상담 중에 선생님이 가방에서 작은 플라스틱 케이스를 꺼내면, 그걸 신호로 나도 담배를 꺼냈다. 나는 외제 담배를 피우고 선생님은 국산 담배를 피웠다. 어두운 지하에 연기가 퍼지는 모습이 멋스럽게 느껴지는 날이 많았다.

"쫓아다니는 남자애가 생기면 이랬어. '나는 너랑 사귈 마음이 없어. 나는 지금 내가 누구인지도 몰라. 그러니까 내가 누구인지를 아는 것에만 관심이 있지, 너랑 이렇게 찌꺼분하게 얘기 나누는 게 나한테는 시간 낭비야.' 딱 잘라내면서 혼자 불교 철학을 공부한 거야. 불교 철학이 너무 재밌고 공감이 갔어. 그래, 이렇게는 얘기해야지. 근데 또 하나가 걸리네? 불교에 윤회 사상이 있잖니. 여기서 막힌 거야. 지나고 나서 보니까 내가 너무 어렸던 거지. 이 윤회 사상에 대해서 논리적으로, 연역법이나 철학으로 얘기해줄 사람을 못 만난 거야. 결국 이것도 아니고 저것도 아니고."

이것도 아니고 저것도 아니고.

그 생각에 사로잡힌 채 새벽 거리를 쏘다니던 내 모습이 떠올랐다. 어릴 때 나는 강제로 성경 공부를 해야 했다. 그때마다 나에게 성경을 가르치려 했던 동네 언니나 아주머니들에게 질문을 퍼부었다. 내가 퍼부은 질문에는 지금 생각해도 신선하다 싶은 것도 있었다. '성경에는 왜 공룡이 안 나와요?' 같은.

또한 지금 이 순간의 의미에 대해서도 물었다. 그들은 나의 오늘이 '시험의 날'이라고 대답했다. 죽기 전까지 우리는 죽음을 두려워하지 않고 신을 섬길 수 있는지 시험을 받는 거라고. 그 시험에 통과하면 나중에 엄청 좋은 곳에 갈 수 있다고. 그 말을 들을 때마다 의문이 들었다. 그렇다면 내 주변의 이 많은 것들이 다 시험 때문에 존재하는 건가? 지구는 그 자체로 거대한 시험장이 되는 건가? 그 안에서 만점에 가까운 상위권만 엄청 좋은 곳에 가고? 그 시험은 내가 태어나면서부터 시작되어 죽기 전까지 계속되는 거고?

그 시험을 보기 싫다면? 그럼 내 존재는 의미가 없는 건가?

"우리 엄마, 아버지가 돌아가셨으니까 내가 동생들을 살려야 하잖아. 그래서 대학 졸업하고 이 아이들을 살리기 위해서 시험을 보고 외국에 나가게 된 거야. 외국 병원에 취직을 했지. 돈을 벌어서 동생들을 교육시켜야 하잖아. 원래 있던 돈은 오빠가 가지고 잠적해버려서 집에 돈이 하나도 없는 거잖아. 그런데 나는 그런 게 서럽지 않았어. 당연히 부모님이 안 계시면 내가 벌어서 동생들을 가르치면 되는 거지. 마침 어느 기업 회장님을 알고 지내서 사정 얘기를 했어. 그랬더니 그분이 돈을 벌려면 중동에 가라는 거야. 부모님이 살아 계실 때는 미국 유학을 준비하고 있었는데, 그 사달이 난 거지. 근데 나는 절망하지도 않았다니까. 내가 그런 사람이야. 신기하지."

신에 대한 믿음을 시험받는 게 아니더라도 이놈의 인생은 온통 시험투성이였다. 선생님의 인생도 그랬던 것 같다.

Q. 미국 유학 준비가 다 된 마당에 갑자기 부모님이 돌아가셨다. 어떻게 할 것인가?

1. 자살한다.

2. 중동에 가서 돈을 번다.

나는 무기력감에 휩싸여 1번을 골랐을 것 같은데, 선생님은 절망하지도 않고 2번을 택하셨다. 나도 스무 살 때쯤 그런 시험을 받았던 적이 있다.

Q. 미대에 가려면 입시 미술을 배워야 하는데 집에서 돈이 없다고 한다. 어떻게 할 것인가?

나는 집에 돈이 없으니 미대 입시를 그만두라는 이야기를 듣고 소주를 병째로 들이켰다. 그러곤 울면서 아는 사람들에게 몽땅 전화를 했다. 나와 같이 울어준 언니도 있었다. 다음 날 난생처음 겪어보는 숙취 때문에 바닥을 기어 다녔다. 포카리 스웨트를 마시고 바닥을 기다가 다시 마시고 기곤 했다. 그러다가 저녁에 미술 학원에 가서 앞으로 학원에 다닐 수 없게 되었다고 말했다. 원장은 다른 애들에게는 비밀로 하고 학원비를 안 받을 테니 계속 학원에 나오라고 했다. 자포자기 상태에서 뜻밖의 제안이었다.

그 달콤한 제안이 끔찍한 족쇄가 될 수 있다는 것을 그때는 몰랐다. 그날 이후 나는 원장의 시녀가 되었다. 매일 밥을 같이 먹어야 했고, 휴일에는 영화관에 같이 가야 했다. 저녁 때는 원장의 집에 들러 고양이들을 돌봐야 했고, 아침에는 요가 수업을 같이 들어야 했다. 더 이상 내지 않아도 되는 학원비가 어느새 원장의 개인적인 요구를 충족시켜주는 것으로 치환되어 있었다. 나는 차라리 얼마라고 정해져 있는 돈을 다시 내고 싶었다. 하지만 그만큼의 돈이 없었고, 공짜로 다니고 있는 학원을 그만둘 용기도 없었다. 그 때문에 아침마다 흐르는 코피를 틀어막으며 학원에 갔다. 입시 발표가 날 때까지 매일 그랬다. 마지막 발표마저 불합격으로 나오자 원장은 애들 앞에서 나를 '병신'이라고 큰 소리로 욕했다. 그래도 다음 날부터 학원에 가지 않아도 돼서 좋았다. 당시 엄마는 내가 원장과 사귄다고 생각했다.

"그러니까 나는 태생이 감정적인 사람은 아니야. 이성적으로 논리가 맞아야 오케이인 거지. 그래서 그 회장님이 일러준 대로 중동에 간 거야. 그분이 내 이력을 알고 있었으니까. 거기서 일하면서 집을 사고, 동생 둘도 다 대학에 보냈어. 그 당시 월급이 여기랑 비교하면 굉장히 많았어. 그래서 돈을 모아 프랑스에 간 거야. 거기서 일하면서 공부하고, 캐나다에도 가서 공부하고, 미국에서도 연수하고……. 그렇게 떠돌이로 20년을 산 거야. 그 20년 동안 정신병원에서 환자들을 상대하고 내담자들도 만났어. 내 분야에서 인정받고 산 셈이지. 다시 한국에 돌아오리라고는 꿈에도 생각 못 했어. 캐나다에 정착하려고 했거든. 그사이에 동생들도 미국이랑 캐나다에 자리를 잡았으니까. 여동생은 미국에서 공무원이 됐고, 나는 캐나다에서 남동생이랑 같이 살려고 했어. 그러다가 잠깐 한국에 나왔지. 여기 있는 집 팔고 다 정리해서 나가려고. 근데 그때 딱 발목이 잡힌 거야."

선생님의 역사가 크게 점프를 했다. 중동에서 프랑스로, 프랑스에서 캐나다로, 캐나다에서 미국으로, 그리고 다시 내가 살고 있는 이곳으로. 선생님이 발목 잡혔다고 표현한 한국에서 우리는 만났다.

"이름은 말 못 하지만, 우리나라에 어떤 대기업이 있어. 그 기업의 며느리하고 손자가 장애가 있었어. 점점 우울증이 심해져서 나를 소개한 거야. 그때만 해도 나 같은 사람이 대한민국에 없잖아. 1990년대였으니까. 그때는 정신의학에서 상담 진료를 하는 데가 없었어. 한마디로 내가 1호인 거야. 그래서 이 사람들을 치료하다가 발목 잡혀서 여기 있게 됐다 이 말이야. 그렇게 됐어."

제대로 된 상담 진료가 없던 시절을 생각했다. 내 부모님을 생각했다. 대기업의 며느리가 아닌 평범한 가정주부였던 엄마를 생각했다. 너무 가난해서 공장에 다니면서도 새벽까지 책상에 몸을 묶어놓고 검정고시를 준비했다던 아빠를 생각했다. 20대 초반에 만난 그들이 결혼을 결심한 날을 생각했다. 언니가 태어난 날과 내가 태어난 날을 생각했다. 배고픈 세 남매가 하염없이 엄마가 돌아오기를 기다리던 날을 생각했다. 선천적인 장애로 걷지 못하던 동생이 처음 걷던 날을 생각했다. 다리에 끼우는 커다란 보정 장치가 달린 신발이 놓여 있던 현관을 생각했다. 늦은 밤 집 앞 놀이터에서 내가 태어나야 했던 곳은 이 집이 아니었다고 자조하며 밤을 새우던 날을 생각했다. 그리고 그 무렵에 어느 대기업의 며느리와 손자를 상담해주고 있었을 선생님을 생각했다. 선생님은 지금 내 앞에 있었다.

"그러면서 내가 종교학도 공부하고, 별별 공부를 다 한 거야. 공부 욕심 때문만이 아니라, 정신과에서 환자들을 만나면서 약물 치료만으로는 한계가 있다고 느낀 거지. 그때 모순을 발견했어. 분명히 이거 말고도 더 있을 거 같은데……. 늘 고민하느라 이놈의 몰골이 형편없었어. 죽상을 하고 다

넜지. 정신과 환자들한테 내 청춘을 다 쏟아부은 거야. 나는 나 따로, 그 사람 따로 구분이 안 되거든. 너도 사람이고 나도 사람인데. 그렇게 인간의 무의식에 뭐가 담겨 있을까 고민하면서, 한국에 와서는 상담을 공짜로 해줬어. 근데 한국에 그런 사람이 하나도 없을 때니까 환자들이 내 말을 못 알아듣는 거야. 내가 한국적 정서를 이해하는 것도 아니고, 그렇다고 감정적인 사람도 아니니까. 딜레마에 빠진 거지."

한국 사람을 상담하기 위해서는 어떻게 해야 할까.

선생님은 항상 커다란 서류철을 가지고 다니셨다. 그 안에는 각종 문서가 가득했다. 맨 위에는 내담자의 이름과 생년월일시가 쓰여 있었다. 처음 만났을 때 선생님은 내게 생년월일시를 물어보면서 부모님의 것도 함께 물어봤다. 나는 정신과 상담에서 생년월일에 시까지 물어보는 게 신기하다고 생각했다.

"내가 흘러 흘러 대전에 정착했잖아. 근데 거긴 너무 촌이라 어떻게 감당이 안 돼. 그때부터 주역, 명리학, 사주팔자를 혼자 공부한 거야. 그러면서 상담할 때 사주를 풀어주니까 이해를 너무 잘하는 거지. 자기 이야기를 다 쏟아내는 거야.

이 사주팔자를 점쟁이 식이 아니라 상담 도구로 사용한 거지. 이게 먹힌 거야. 사람들이 마음 놓고 다 털어놔. 그렇게 무료로 치료를 계속해줬어."

선생님이 들여다보던 내 문서에는 이런저런 한자가 쓰여 있었다. 선생님은 그걸 보면서 가끔 흠 하고 콧소리를 내곤 했다.

"명리학. 이게 묘하다? 내가 이 공부를 재작년까지 했어. 10년 넘게 한 거야. 솔직히 말해서 도통, 경지지. 그다음부터는 내담자를 보면 딱 보여. 사주가 이렇겠구나, 이게 직관으로 보인다니까. 어떨 땐 생년월일시를 물어보고 집에 가면서 확인해볼 때가 있어. 다 그렇게 하진 않아. 내가 관심 가는 사람한테만 그러지. 근데 확인해보면 다 맞아. 그걸 보면서 '아, 마음은 하나구나' 하고 깨우친 거지. 그래서 내가 아까 마음은 하나라고 한 거야. 내가 깨우친 게 그래. 여태껏 살아오면서 한 공부가 모두 내 마음 하나 깨닫기 위한 거였구나. 이걸 깨달으면서 지식이니 뭐니 하는 걸 다 버렸어. 그저 마음 수행만 하면 되는구나. 그렇다고 절에 가서 스님들과 만나거나 친해지려고는 안 해. 오히려 외면하지. 괜히 찌꺼분한 말이나 들을까 봐. 마음공부는 혼자 알아서 해야지."

그럼 선생님은 혼자 뭐 하세요?

"수행. 내 마음 들여다보는 거. 자, 이제 선생님 얘기를 어떻게 들었는지 느낌을 얘기해봐."

일단 신기해요. 엄청 신기하고…… 영화를 보는 것 같아요. 그렇게 살 수도 있구나 하는 생각이 들었어요.

"그래, 버리면 살아. 그리고 마음 수행하다 보면 네가 지금 너라고 믿는 거, 그게 네가 아니었다는 걸 알게 돼. 그런 재미가 있어. 자꾸 떠오르는 실타래를 딱 끊고 보면, 마음을 의식으로 확장하다 보면 다른 것들이 자꾸 보여. 선생님 말이 가짜 같아?"

아니요.

"그러면."

진짜를 얘기하시는 것 같아요.

"그래. 지금 내 삶을 골자만 딱딱 짧게 얘기해준 거야. 선생님은 직접 체험하고 체득한 것만 얘기해. 수행이 그런 거야. 선생님이 너한테 얘기하잖아. 내 눈은 여기를 바라보지만 마음은 여기를 안 봐. 붓다의 마음만 봐. 저 안쪽에 있는 빛이 진짜인지 가짜인지만 봐. 나는 얘기할 때 과장 안 해. 포장도 안 해. 그런 게 수행이야."

그렇군요.

"뭐가 그래."

수행이라는 게, 저는 뭘 이렇게 닦고 있어야 하나 그랬는데 그냥 살면서 만나는 사람들한테 나를 그대로 이야기하고 보여주는 거구나.

"그런데 사람들이 마음 수행을 안 해서 말썽이 생겨. 실타래가 내 생각이라고 믿는 데서 문제가 생긴다 이 얘기야. 거기까지 알겠어?"

네.

"최고야. 이제 너도 수행해. 너는 그런 길로 가야 빛나. 알아들었어? '나는 오늘 들었다'라고 여기다 써."

나는 오늘 들었다.

"'마음 수행하는 법을'이라고 써."

마음 수행하는 법을.

"너는 전생에 규수였어. 선비 집안에서 태어나 예술적인 거 좋아하고 예술성을 사랑하는 혼이 담겼어. 그러니까 '내가 왜 이런 일을 해야 하나' 하면 안 된다는 얘기야. 그건 괴물이야. 어둠의 너야. 진짜 네가 아니라는 얘기야. 알았나?"

규수의 삶을 상상했다. 상상하는 것이 어려웠다. 그 시녀의 삶은 상상이 가능했다. 규수와 매일 밥을 먹고, 규수의 요가 수업에 따라가고, 쉬는 날에도 규수와 영화를 보러 가고, 규수의 고양이를 돌봐야 하는……. 매일 아침 거울 앞에서 흐르는 코피를 틀어막는 시녀. 그런데도 예술을 사랑하는, 예술혼이 살아 있는 시녀의 삶.

"숙제가 풀렸어? 옛날 걸 끌고 오면 그림자잖아. 그게 가짜라는 거야. 그러니까 옛날 형체를 없애고 현재가 와야지. 알아들었어, 못 알아들었어?"

알아들었어요.

"오늘 선생님이 화두를 준 거야. 이게 인생의 처음이자 끝이야. 글자로 그치는 게 아니라고. 마음으로 느껴라. 그러니까 너는 이제 수행하는 사람이야."

선생님은 마녀 같아요.

"마녀? 그래, 네가 잘 봤다. 가서 사람들한테 그렇게 말해. 우리 선생님은 마녀라고."

선생님은 신을 찾는 사람이었다. 선생님은 신을 찾아 떠돌다가 마녀가 되어 있었다. 나는 오랫동안 신과의 대화를 꿈꾼 사람이었다. 나는 신에 대한 믿음을 시험받으면서 살고 싶지 않았고, 그런 내 존재라도 무의미하지 않기를 바랐다. 나는 신과 대화를 나누진 못했지만 마녀와 오랫동안 대화를 나누었다. 살아보는 것도 나쁘지 않겠다는 생각이 들었다. 살다가 내가 마녀가 된다면 그 또한 나쁘지 않을 것 같았다.

삼청동 언덕길을 걸어 내려오다 제자리에 멈춰 서서 고개를 휘휘 돌려봤다. 가게 앞 유리에 비친 내 모습을 보았다.

나는 거기에 있었다.

깃발

2호선 객차 안은 출퇴근 시간이 아니라서 승객이 꽉 차 있지는 않았다. 상당수의 승객들이 이런저런 디지털 기기를 두 손으로 꽉 부여잡고 있었다. 다른 사람을 힐끗거리거나 풍경을 내다보는 모습은 찾아보기 힘들었다. 당연히 책을 읽는 사람도 없었다. 객차 안에서 유일하게 한 사람, 정성만 손에 아무것도 들고 있지 않았다. 정성이 디지털 기기를 손에 쥐고 있지 않은 데에는 이유가 있었다.

정성은 예술가다. 무릇 예술가란 언제 어디서 영감을 얻을지 모르는 일. 정성은 항상 촉을 곤두세우고 자신이 받게 될 영감을 기다렸다.

그 순간 객차 사이의 문이 열리고 초라한 행색의 40대 여성이 걸어 들어왔다. 문이 열리기도 전에 소란스러운 목소리가 먼저 넘어왔는데, 그 목소리에 그만한 힘이 실려 있었던 건 두툼하고 오래된 디자인의 책 한 권 때문이었다. 정성은 여자의 오른손에서 그 책을 발견했다.

"예수님을 믿지 않으면 지옥에 갑니다. 이 사실을 알면서도 믿지 않는 사람은 자기 죗값을 치르게 될 겁니다."

객차 안의 승객들이 눈살을 찌푸렸다. 심지어 교회를 다니고 있는 것이 분명해 보이던, 손바닥만 한 스마트폰을 들고 전도사에게 메시지를 보내느라 바쁘던 옆자리 아주머니까지도 눈살을 찌푸렸다. 이어폰을 꽂고 있던 사람들은 타성에 젖은 손길로 음량을 한두 칸씩 올렸다.

"예수님은 우리를 위해 대속 희생을 하셨습니다. 그렇게 우리의 죄를 사하사 하늘의 왕이 되신 겁니다. 우리는 왕을 따라야 합니다. 그분이 다시 이 땅에 오실 때까지 믿음을 품고 기다려야 합니다."

정성은 잠시 눈살을 찌푸렸다가 자신이 진정 무엇 때문에 그랬는지 곰곰이 되짚어보았다. 저 쩌렁쩌렁한 목소리 때문에? 성경을 모르는 사람이라면 잘 알아들을 수 없는 저 말 때문에? 아니면 저 여자의 촌스러운 윗도리나 훌렁훌렁

한 아랫도리 때문에? 거듭 생각할수록 자신이 왜 눈살을 찌푸리는 것으로 저 여성에 대한 불편함과 경계심을 표시해야 했는지 모를 일이었다.

'나는 예술가인데, 어쩌면 저 여자의 말과 행동 속에서 진주를 얻을지도 모를 일인데 왜 이유 없이 경계했을까?'

정성은 이내 반성했다. 그때 객차 안에 벨 소리가 요란하게 울려 퍼졌다. 어디서 들리는 소리인고 하니, 안 그래도 요란하게 떠들던 여인의 핸드폰 벨 소리였다.

'요란한 사람은 뭐든 요란하구나.'

정성은 자기도 모르게 또 눈살을 찌푸렸다.

'아니지. 벨 소리란 본래 잘 들려야 하는 건데, 내가 무조건 안 좋은 쪽으로 생각해버렸다.'

여자가 허겁지겁 전화를 꺼내 받는 모습을 보며 정성은 또다시 반성했다.

"어, 여보. 어디긴 어디야, 전도하고 있지. 당연히 늦지. 아유, 미안해요. 냉장고에 락앤락 있지? 그 안에 반찬 다 들어있어. 뭔지 보면 바로 알아. 꺼내 먹어. 나는 늦지. 지금 전도하느라 바쁘니까 끊어."

쩌렁쩌렁하게 예수의 대속 희생을 외치던 것과는 달리 남편으로 추정되는 상대와 통화할 때 여인의 목소리는 퍽 나굿나굿했다. 심지어 다른 승객에게 피해를 주지 않으려는 듯 한 손으로 입을 가리며 소곤소곤 대화를 나누었다. 하지만 진즉에 너무 크게 목소리를 내던 탓에 모양새에 비해 음량 조절이 잘 되지는 않았다.

정성은 그 여자의 집을 머릿속에 떠올렸다. 여자가 부엌에 서서 프라이팬에 멸치를 볶고 그것을 식혀 통에 나누어 담은 뒤 냉장고에 넣는 모습, 반찬을 만들면서 나온 식기들을 설거지하며 오늘 거리에서 외칠 전도 문구를 중얼중얼 외는 모습, 일주일 단위로 짜인 전도 스케줄을 확인하고 오늘은 어느 역에서 출발해 어느 역으로 돌아올지 가늠하는 모습, 남편이 출근한 뒤 간단히 흰밥을 물에 말아 방금 볶은 짭짤한 멸치볶음을 곁들여 먹고 안방 옷장에서 나름대로 옷을 골라 입은 뒤 가방에 필요한 물건(성경과 목을 축일 물통 등)을 챙겨 집을 나서는 모습, 아파트 단지를 나서며 경비 아저씨에게 밝고 높은 목소리로 인사를 건네는 모습이었다.

정성은 점점 더 궁금해졌다. 지하철 객차 안에서 목소리를 높여 예수를 믿으라고 소리치는 모습은 여자의 일상에 어떻게 자리 잡게 된 것일까. 무엇이 여자에게 소리치게 만들 용기를 주었을까.

정성은 생각에 잠긴 채 걸었다. 집에 가는 길은 역에서부터 시작되는 오르막길을 7분 정도 오르고 나서 다시 내리막길을 3분 정도 내려와야 했다. 좋게 말하면 운동이 되는 코스였다. 재개발 소문이 들려온 지 꽤 되었지만 그간 계약이 몇 번 연장되는 동안에 벽돌 하나 부서지는 소리조차 듣지 못했다. 오래된 동네답게 집들 사이사이 여기저기에서 붉은 깃발이 흔들렸다. 전에는 신경도 쓰지 않던 점집들이 오늘따라 자꾸 눈에 들어왔다. 정성은 아무래도 지하철에서 만난 여자를 계속 떠올리고 있어서인지도 모른다고 생각했다. 오르막길을 오르면서 눈에 띄는 점집을 세어보니 여덟 집이었다. 정말 많았다.

다세대주택의 셋방을 늘리기 위해 어설프게 확장한 정성의 집에는 실내도 실외도 아닌 공간이 있었다. 정성은 그곳을 베란다라고 불렀다. 베란다에서는 주로 화분을 짧게 키우거나 커피를 마시거나 담배를 태웠는데, 오늘은 일단 담배를 한 대 피웠다. 베란다 창 너머로 점집이 여러 군데 눈에 띄었다. 어쩌면 지금 이 순간에도 그들이 모시는 신이 왔다 갔다 하고 있을지 몰랐다. 그중 이 베란다를 스쳐 지나가는 신이 하나쯤 있지 않을까 생각했다. 그렇다면 그 신은 이곳에 서서 담배를 피우는 정성의 몸을 통과하고 있을 터였다.

'불행히도 나는 신을 담는 그릇이 아니기에 아무것도 느끼지 못하고, 신은 그대로 내 몸을 통과해 점집의 무당에게로 가겠지.'

그렇게 생각하니 왠지 서글펐다. 세상에 신이 이렇게나 많고, 또 신을 믿으라고 거리에서 외치는 사람들도 있는데 왜 나는 신을 느껴본 적이 없는 걸까. 정성은 연이어 담배에 불을 붙이며 생각을 이어나갔다.

'왜 누구는 느끼는데 나는 못 느끼는 거지?'

서글픔이 억울함으로 번졌다. 예술가로서 영감을 찾듯이 정성은 갑자기 신을 찾기 시작했다.

'어디에 있을까?'

어디서 신을 느낄 수 있을까. 베란다에서 말라가기 시작한 화초 잎을 무심코 어루만지던 정성은 문득 '보살피다'라는 활동이 바로 신의 영역이 아닌가 생각했다. 그렇게 따지면 이 집은 자신이 보살피는 것으로 가득 차 있었다. 느슨한 수도꼭지와 세탁기 호스를 연결한 것도 자신이었고, 예고 없이 나가버린 전구를 바꾼 것도 자신이었다. 가죽 구두는 약을 발라 광을 내야 했고, 이불은 볕 좋은 날 털거나 빨아주어야 했다.

'나도 이렇게 바쁜데, 신은 얼마나 더 바쁠까?'

신의 활동을 떠올리다 보니 보살피는 일이 얼마나 바쁘고 벅찬 일인지 새삼 깨닫게 되었다. 머리가 아플 지경이었다. 그래서 신은 먹고 자야 하는 육체를 가지지 않은 것일지 모른다고 생각했다. 하지만 번거로운 육체가 없어도 바쁜 건 여전할 터였다. 그렇다면 신들은 일을 분야별로 나눠서 하고 있는 걸까? 회사처럼?

목사 아버지를 둔 정성의 친구는 자기 아버지 말투를 곧잘 흉내 내곤 했다. 정성은 친구가 들려주는 아버지 이야기를 재미나게 들었다. 친구가 혼자 여행을 가고 싶다고 했을 때 아버지는 '하느님께 기도해보고 응답이 오면 허락하겠다'고 했다. 그 대답이 웃기다고 깔깔대던 기억이 떠오르자 동시에 '아!' 하는 깨달음이 따라왔다.

정성은 '기도'라는 단어에 자주 따라붙는 '간곡한', '간절한', '끊임없는' 등의 표현을 떠올렸다. 얼마나 일이 많으면 그냥 기도가 아니라 끊임없고 간곡하고 간절한 기도에만 응답을 한다는 것일까.

'신은 너무 바빠서 간곡히 요청하는 사람들의 이야기만 들어주는구나.'

그렇게 생각하면 신을 찾는 사람들 중에서도 신의 응답을 받은 경우는 얼마 되지 않을 터였다. 아마 일생 동안 한 번도 응답을 듣지 못하는 사람도 많을 것이다. 그럼에도 사람들은 여전히 신을 믿는데, 그것은 왜일까? 언젠가는 신에게서 응답이 올 거라는 믿음 때문일까? 결국 믿는다는 행위는 정성이 하는 것처럼 신을 찾는 행위와 똑같은 것이 아닐까? 그렇다면 신을 찾고 있는 정성도 신을 믿는 것과 다름없었다. 그들이 기대하는 응답도 정성의 친구가 혼자 여행을 가도 되는지 허락을 구하던 것처럼 별것 아닌 문제일 수 있었다.

언제나 영감이 나타나길 기대하는 예술가로서 정성의 삶도 그와 비슷했다. 굉장히 사소한 사건이나 사물에서 영감을 얻을 때가 많았다. 그것을 '응답'이라고 불러도 될 것 같았다. 그렇게 생각하니 자신은 '예술'이라는 이름의 신을 믿는 신자이고, 게다가 그 신에게서 꽤 여러 번 응답을 받은 축복받은 신자나 다름없었다.

'신은 어디에나 있다.'

당장 무언가를 찾고 있는 사람이라면, 그는 이미 신을 믿는 사람이었다. 거기까지 생각이 미치자 갑자기 모든 것이 명확해졌다. 이 꺼져가는 담뱃불도, 말라가는 잎사귀도 어떤 대답을 하기 위해 존재하는 것처럼 느껴졌다.

'나는 축복받은 신자로서 앞으로 또 얼마나 많은 응답을

받게 될까.'

정성은 앞으로 자기 삶이 즐거울 것이라는 예감이 들었다. 이미 여러 번 응답을 경험했고, 또 그것이 찾아올 것임을 아는 삶이란 얼마나 기쁜가. 정성은 작은 베란다에 서서 엄청난 충족감을 느꼈다. 그 감정에 취해 베란다 안의 요소요소를 기쁜 눈으로 바라보다가 문득 이타적인 생각이 들었다.

'이 깨달음을 사람들에게 알려야 한다.'

사명감이었다. 먼저 깨달은 사람으로서의 사명감. 예술가로서의 사명감. 아직 한 번도 응답을 받은 적 없지만 지금도 끊임없이 찾고 있을 사람들에게 말해주고 싶었다. 계속 믿음을 가지고 찾으라고, 자신과 자신을 둘러싼 환경을 돌보고 관찰하면서 말이다. 그리고 가장 중요한 것은 스스로 생각하기를 멈추지 않다가 응답이 왔을 때, 그것이 응답임을 알아차리는 것이었다.

이 깨달음을 어떻게 하면 사람들에게 전할 수 있을까. 정성은 자신이 말하고자 하는 바를 예술이라는 그릇에 담아 전해야 한다는 것은 알았지만, 이번엔 그 그릇이 어떤 모양이어야 하는지 도무지 감이 오질 않았다. 어쩌면 지하철에서 소리 높여 외치던 그 여자처럼 길에 뛰쳐나가 외치는 것이 가장 확실하고 효과적인 방법일 수도 있었다. 정성은 벽

차오르는 감정을 주체하지 못했다. 몸이 자꾸 들썩거리는데 뭘 어떻게 해야 할지 알 수 없었다. 일단 집에 가만있으면 안 될 것 같은 기분이 들어서 밖으로 뛰쳐나갔다.

정성은 말없이 대문 앞을 서성였다. 퇴근 시간 무렵이라 그런지 지나다니는 사람이 꽤 많았다. 얇은 코트 하나만 걸치고 나와 한기가 도는 탓에 두 팔로 몸을 감싸 안고는 제자리를 뱅뱅 돌았다. 가끔 담배를 태우기도 했는데, 그러면서도 뱅글뱅글 도는 건 멈추지 않았다. 머릿속이 너무나 혼란스러웠다. 엄청난 깨달음을 얻은 건 분명한데 이걸 사람들에게 알려주어야 할지, 아니 알려줘야 한다는 것도 분명한데 어떻게 알려줄지, 과연 자신이 그 방법을 찾을 수 있을지…….

사람들은 정성이 이토록 혼란을 겪고 있는 걸 전혀 눈치채지 못하고 빠르게 걸음을 옮겼다. 저런 이들을 붙잡고 얘기해봐야 소용없겠다는 생각이 들었다. 정성은 고개를 들어 주위를 살펴보았다. 바로 맞은편 상가에서 교회가 쓸데없이 높은 가짜 지붕을 얹고, 그 위로 또 쓸데없이 빨간 십자가 불빛을 뿜어내고 있었다. 교회 주변으로도 주택가 사이사이에 솟은 빨간 깃발들이 보였다.

정성은 제법 높이 세워진 빨간 십자가와 그보다는 낮게 솟은 빨간 깃발을 위아래로 살펴보다가 자신처럼 찾고 있는 사람들을 위해서는 저렇게 눈에 잘 띄는 표식이 있어야 한다고 생각했다. 아주 간단명료하면서도 '저곳에서라면 응답을 얻을 수도 있겠다'는 기대감을 불러일으키는 표식이 필요했다. 하지만 저런 빨간 십자가나 점집 깃발과는 달라야 했다.

'센스가 있어야 해.'

센스가 좌우할 일이었다. 그것이 종교인지, 사이비인지, 무속인지, 아니면 예술인지 말이다. 지하철에서 외치던 여자의 말은 진리일 수도 있었지만, 그 모습으로는 소용없었다. 하지만 조금 더 센스 있고 멋진 모습으로 같은 말을 한다면, 사람들이 감탄하며 손뼉을 칠 수도 있었다.

정성은 자신이 있었다. 자신에게는 그런 센스가 있다고 믿었다. 정성의 예술성에 감화되어 곁을 지키는 애인도 있었고, 강의를 나가는 대학의 학생들도 수업 시간에 정성을 향해 갈구하는 눈빛 같은 걸 보낼 때가 있었다. 그만큼 자신은 예술을 통해 누군가에게 좋은 영향을 줄 수 있는 사람이라는 믿음이 있었다.

'나의 센스를 믿고, 나의 이야기를 들으려는 사람이 찾아

올 것이다.'

정성은 그런 사람을 위해 표식을 만들기로 결심했다. 결심이 서자 동동거리던 발도 멈췄다.

인적이 드문 새벽, 대문이 끼익하는 마찰음을 내며 안에서부터 열렸다. 정성이 옆구리에 둘둘 만 무언가를 끼고 대문 밖으로 나왔다. 인적이 끊긴 주변을 두리번거리다가 정성은 대문 옆에서 삐죽 튀어나온 태극기 꽂개를 발견했다. 그제야 옆구리에 둘둘 말아 끼워둔 것을 꺼내 펼쳤다.

여러 가지 천을 일일이 잘라 손바느질로 이어 붙인 깃발이었다. 하나의 깃발 안에 여러 색과 질감이 섞여 있었다. 정성은 손수 만든 깃발을 꽂개에 꽂아 넣고 몇 걸음 떨어져 지켜보다가 조금 더 멀리 걸어갔다. 그러곤 다시 대문 쪽으로 걸어오기도 하고, 대문을 지나쳐 갔다가 뒤돌아 걸어오기도 했다. 마지막으로 길을 건너가 맞은편에서 확인해보고 나서야 정성은 만족스러운 얼굴로 집에 들어갔다.

알록달록한 깃발에는 오색실로 '예술'이라는 두 글자가 수 놓여 있었다.

너의 모든 움직임을 인지하라

착각에서 벗어나 너의 움직임을 매 순간 인지하라. 이 들숨과 날숨은 천천히 돌아가고 있는 저 동물 모빌만큼 움직이는가. 아니면 15센티미터 정도 열린 저 창문을 통해 들어오는 바람의 움직임과 같을까. 혹은 그 바람에 살짝 흔들리는 커튼의 움직임만큼일까. 이 방 안에서 형성된 작은 에너지들을 모두 모으면 내가 날아다닐 수 있을 정도로 커다란 에너지가 될까. 아니다, 이런 생각을 하는 것조차 나의 과욕이다. 나의 과욕이 누군가에게 안 좋은 영향을 줄 것이다. 나는 날아볼 생각을 그만 멈춰야 한다.

벽에 붙어 있는 에어컨이 무색할 정도로 방에는 더운 공기가 가득했다. 김석은 두툼한 겨울 이불이 깔린 매트리스 위에 누워 숨을 들이쉬고 내쉬는 데에만 집중하며 천장을 올려다보았다. 지난 세입자가 두고 간 동물 모빌이 혼자 빙그르르 돌아가는 모습을 바라보다가 그는 옆을 더듬어 굴러다니던 핸드폰을 집어 들었다. 3개월째 요금을 내지 않아 벽돌이 된 그의 핸드폰 통화 목록에는 이제껏 한 번도 연결되지 않은 한 사람의 이름으로 빼곡했다.

한세나.

몇 개월 전 김석은 고등학교 동창 준지가 데리고 간 어느 집회 현장에서 세나를 알게 되었다. 평소 무기력한 김석과 달리 매사에 활달한 준지는 새로운 모임, 행사, 공연이나 공간을 발견하면 그곳에 항상 김석을 데려가곤 했다. 그렇게 따라간 곳 중에서 한두 군데는 꼭 좋았던 기억이 있었기에 김석은 그날도 군말 없이 준지를 따라나섰다.

그날 준지가 김석을 데려간 곳은 재개발을 앞두고 강제철거를 당할 위기에 처한 오래된 여관 지하였다. 천장과 벽에 그대로 노출된 하수 배관에서 변기 물이 흘러내리는 소리가 가감 없이 들렸고, 손님이 쓴 수건과 베갯잇을 빨아 널어놓은 축축한 빨랫줄이 골판지를 깔고 앉아 있는 사람들 머리 위를 거미줄처럼 이리저리 가로질렀다. 그 지하 한편에 오래된 꽃무늬 이불을 커튼처럼 걸어 꾸며놓은 공간이 있었다. 낡은 나무판자를 여러 장 겹쳐 바닥을 조금 높여놓은 무대였다. 그리고 무대 위에서 한 여자가 꽃무늬 이불보다 더 화려한 꽃무늬 원피스를 입고 맨발로 춤을 추고 있었다. 재개발 반대 투쟁을 위한 활동가들의 집회라는 사전 정보가 무색할 정도로 모여 앉은 사람들은 무대 위에서 춤을 추는 맨발의 여자를 조용히 바라보기만 했다.

무대라고 하기엔 낮고 비좁은 판자 위에서 여자는 음악도 없이 춤을 추었다. 발끝이 닿을 정도로 가까운 곳에 사람들이 있었지만, 그쪽으로는 눈길 한번 주지 않은 채 눈을 반쯤 감고 춤을 추는 모습은 신비로운 분위기를 자아냈다. 김석과 준지는 뒤쪽까지 꽉 차 있는 사람들 사이를 비집고 들어가 엉덩이를 들이밀었다. 여자의 숨소리가 들릴 정도로 고요한 분위기 속에서 두 사람이 부스럭대자 몇몇이 불편한 시선을 보냈다. 그 순간 김석은 여자의 춤에서 중요한 요소를 발견했다. 여자는 주변 소리에 맞춰 조금씩 동작을 바꾸고 있었다. 위층에서 변기 물이 쏟아져 내려오는 소리, 누군가의 잔기침이나 옷자락이 바스락대는 소리, 신발이 미끄러지며 바닥을 긁는 소리 등을 배경음악으로 삼은 셈이었다. 김석은 그 사실을 모두가 알고 있는지, 아니면 자기만 눈치챈 것인지 궁금했다. 그리고 모쪼록 춤을 추는 여자와 자신만 이 사실을 알고 있는 거라면 좋겠다고 생각했다.

"삐삐삐삐."

유난히 신경을 긁는 알람 소리가 지하에 크게 울려 퍼졌다. 여자는 바닥에 내려놓았던 핸드폰을 집어 들고 알람을 껐다. 그러고는 옅은 미소를 띠고 객석을 향해 살짝 고개를 숙였다. 그러자 조용히 앉아 있던 사람들이 저마다 손뼉을 치고 환호성을 지르기 시작했다. 김석도 여자를 향해 박수를 보냈고, 준지는 아예 자리에서 일어나 소리를 지르고 휘파람을 불어댔다. 환호성이 잦아들자 한 활동가가 앞에 나와 마이크를 잡았다. 그는 앞으로의 철거 일정과 활동 계획을 공유하며 집회 분위기를 본래 목적대로 조성하기 시작했다. 좀 전과 달리 금세 바뀐 분위기를 보아하니 춤 공연은 갑작스레 벌어진 해프닝인 모양이었다. 활동가들의 논의가 무르익는 가운데 맨발의 여자가 사람들 사이를 비집고 밖으로 나가는 것이 보였다. 준지는 김석을 툭툭 치며 따라 나가자는 신호를 보냈다.

"불 좀 빌려주실 수 있을까요?"

원래는 여자에게 말을 걸기 위해 주머니에 든 라이터를 잃어버린 척할 셈이었는데, 운 좋게 여자 쪽에서 먼저 불을 빌려왔다. 준지는 김석에게 잘됐다는 표정을 지어 보였다. 준지가 싱글벙글하며 주머니에서 라이터를 꺼내자 여자는 입에 물고 있던 담배를 라이터 가까이에 들이밀었다. 준지는 여자의 턱 밑에서 조심스레 불을 댕겼다.

"여기 어떻게 왔어요?"

여자는 불붙은 담배를 입에 물고 김석과 준지의 얼굴을 번갈아 쳐다보았다.

"저희는 상관없는 사람들인데, 그냥 한번 와봤어요. 제가 어디든지 다니는 걸 좋아해서요."

준지가 싹싹하게 대답했다.

"나랑 똑같다. 나도 그냥 온 건데."

"진짜요?"

"아까 나 때문에 놀랐죠?"

"아니요, 놀라긴요. 너무 멋지셨어요."

준지가 엄지를 척 올렸다.

"하나도 놀라지 않았어요. 저는 너무너무 좋았어요. 정말 빛이 나는 것 같았어요!"

김석이 갑자기 큰 소리로 대답했다. 그는 아까부터 여자의 얼굴을 무안할 정도로 뚫어지게 보고 있었다. 여자가 놀란 듯 김석을 쳐다보다 크게 웃음을 터뜨렸다.

“그래요? 제가 빛이 났어요?”

“네, 정말 빛이 났어요. 지금도 가르마에서 빛이 나고 있으세요.”

김석이 또 한 번 큰 소리로 대답했다. 여자는 그런 김석을 쳐다보며 웃느라 담배도 제대로 못 피울 지경이었다. 준지가 그런 둘을 힐끗 쳐다봤다.

“괜찮으시면 저희랑 같이 빙수라도 먹으러 가실래요? 아, 춤추시느라 너무너무 더우셨을 것 같아서요.”

준지가 능숙하게 자리를 제안했다. 여자는 대답 대신 다 못 피운 담배를 바닥에 내팽개치고 먼저 성큼성큼 걸어가기 시작했다.

“누나, 저는 정말 연애를 하고 싶어요.”

반 이상 녹아 얼음물이 되어 출렁거리는 빙수를 마시듯 퍼먹으면서 준지가 말했다. 빙숫집으로 걸어오며 통성명을 한 이들은 여자의 나이가 김석과 준지보다 몇 살 위며, 이름은 세나라는 것을 알게 되었다. 준지는 틈날 때마다 ‘누나, 누나’ 하며 구관조처럼 반복해 세나를 불러댔다. 세나는 그런 준지가 신기하다는 듯 말했다.

"연애를 왜 '하고 싶다'고 말해? 연애는 너에게 꼭 해야 하는 성질의 것이니?"

"아, 그런 생각은 한 번도 안 해봤는데……. 되게 머리를 때리는 질문이네요."

"그럼 한번 생각해봐. 너는 왜 연애를 '하고 싶다'고 말해?"

준지가 열심히 누나를 불러댈 때, 김석은 무슨 말을 꺼내야 좋을지 감을 못 잡고 있었다. 그도 세나에게 무슨 말이든 하고 싶었고, 그 말이 세나에게 좋게 들렸으면 하는 바람이 있었다. 하지만 많은 생각이 압박으로 작용하면서 아무 말도 꺼내지 못했다.

"연애를 왜 '하고 싶다'고 말하느냐고요?"

준지도 대화를 되도록 좋은 방향으로 이어나가고 싶은 눈치였다. 그는 세나에게 반감이나 공격적인 뉘앙스로 느껴지지 않도록 말하려고 애를 썼다.

"이 세상에 연애라는 게 존재하지 않았다면 어땠을 것 같아?"

"네?"

"네가 지금까지 살면서 연애라는 걸 단 한 번도 듣지도 보지도 못했다면, 그래도 너는 연애를 하고 싶었을까?"

"아, 무슨 말인지 알겠다! 누나는 말이 있으니까 행위가 뒤따라온다는 얘길 하는 거죠? 그럼 누나는 왜 춤을 추는 거예요?"

"춤…… 아까 내가 한 걸 말하는 거지? 그걸 춤이라고 말하는 게 맞을지 모르겠네."

"춤이 아니면 뭐예요?"

"나는 다만 내 몸과 정신의 상태를 정확히 인지하고, 아까 그 공간에서 한동안 움직였을 뿐이야. 물론 지금도 그러고 있고."

"그럼 누나는 지금 우리랑 빙수를 먹고 있는 상태와 아까 춤인지 움직임인지를 했던 상태가 같다는 말?"

"그렇지. 나에게는 어떤 순간만이 특별하지 않아. 다만 내가 매 순간 어떻게 움직이는지에 집중할 뿐이지. 그 집중이 깨지는 순간이 오히려 힘들다고 할까? 차라리 특별하다면 그 순간이 특별하달까?"

"그래요? 그게 언제 깨지는데요?"

"가끔 그럴 때가 있어. 일테면 죽음에 대해 생각하거나 그 공포를 떠올리거나 할 때. 죽음도 하나의 상태이고, 그 상태를 거친 뒤에도 내가 사라지는 게 아닌데 어리석은 상상이

나 망상을 하면서 나를 놓아버리는 거지. 내가 살아 움직이는 이 순간에 집중하지 않고."

준지가 곰곰이 생각하다 말했다.

"저는요, 누군가를 좋아하고 있는 제 상태를 좋아하는 것 같기도 해요."

"그 좋아하는 상대는 꼭 이성이어야 하고?"

"어…… 그건 확실히 그런 것 같아요! 이성이에요!"

"되게 확신을 하네?"

세나는 피식 웃으며 완전히 녹아 단물이 되어버린 빙수 컵을 두 손으로 들고 마지막까지 천천히 마셨다. 준지는 무슨 말실수를 했나 싶어서 빙수를 마시고 있는 세나의 눈치를 살폈다.

"나는 착각이 싫어."

세나가 빙수 컵을 내려놓았다.

"착각이요?"

"적어도 나는 그래. 내 삶의 목표랄까? 일단 목표라고 할게. 그게 내가 나를 제대로 인지하는 거거든. 내 몸의 움직임, 정신의 움직임……. 그리고 그것들이 또렷하길 바라고. 착각에 빠져 흔들리지 않기를 바라고."

"그 착각이라는 게 어떤 것들이 있을까요?"

김석이 빙숫집에서 처음으로 입을 뗐다. 세나는 김석의 질문을 듣더니 싱긋 웃으며 턱을 괴고 김석의 얼굴 앞에 자기 얼굴을 바짝 갖다 댔다.

"내가 하는 착각과 네가 하는 착각은 다르니까. 그건 한번 스스로 생각해봐."

김석은 갑자기 가까워진 거리 때문에 당황한 듯 몸을 세워 의자 뒤로 바짝 붙어 앉았다.

"누나 말은 연애하고 싶다는 제 생각도 착각이라는 거죠?"

준지가 끼어들었지만 세나는 그 말을 무시하고 김석을 향해 손을 쑥 내밀었다.

"잠깐 지갑 좀 보여줄래?"

김석이 주머니에서 지갑을 꺼내 세나의 손바닥 위에 올려놓았다. 세나는 지갑을 열고 그 안에서 지폐를 한 장 꺼내 들었다.

"이게 뭐지?"

"만 원짜리죠."

세나는 만 원짜리 지폐를 탁자 위에 올려놓고 펜을 꺼내 지폐에 쓰인 숫자 뒤로 동그라미를 잔뜩 그리기 시작했다.

"이렇게 하면, 이제 뭘까?"

"일 십 백 천 만 십만 백만 천만……."

준지가 옆에서 세나가 그린 동그라미를 열심히 세었다.

"낙서가 되어 있는 만 원이죠."

세나는 자기가 그린 동그라미가 아닌 지폐에 원래 쓰여 있던 숫자를 가리켰다.

"그럼 이건 누가 그린 게 아니야?"

"누군가 그렸다고 볼 수도 있겠네요."

"넌 네 눈앞에서 그려진 동그라미에는 아무 의미도 두지 않으면서, 네가 보기 전에 미리 그려져 있던 동그라미는 왜 그렇게 믿는 거야?"

"모두가 그렇게 믿기로 한 약속이니까요."

"약속이라고 믿는 너의 착각이라면?"

"글쎄요."

세나는 다시 김석의 지갑을 열어 카드를 한 장 꺼냈다.

"이건 뭐야?"

"제 카드요."

"이 카드의 쓰임은 뭔데?"

"카드 안에 제 돈이 들어 있죠."

"돈이 들어 있다고?"

"네."

데 어떤 기분이 드니?"

"글쎄요. 생각보다 아무 느낌이 없는데요."

"네가 벌거벗은 임금님이라면 여전히 네게 동그라미들이 있다고 착각하면서 스스로를 속이며 살아가겠지. 하지만 넌 그러지 않을 것 같아."

김석은 세나가 진심을 다해 자신을 착각의 세상에서 구하려고 애쓰고 있다는 느낌을 받았다. 하지만 세나는 왜 그렇게까지 열심인 걸까? 지갑에 있던 13만 원 때문은 아닐 것이리라 생각하다가 김석은 문득 돈의 액수를 정확하게 기억하고 있는 자신에게 깜짝 놀랐다. 지갑에 든 현금과 카드에 든 액수까지 정확히 기억하고 있었다. 일평생 그것들을 기억하며 살아왔다. 왜 그동안 아무런 의심 없이 그 숫자들을 외웠을까. 김석은 갑자기 서글픈 감정이 들었다.

내 삶에 존재하던 동그라미들이 모두 사라진다면 나는 어떻게 바뀔까?

"벗어날 수 있겠니? 네 오랜 착각 속에서."

시간이 멈춘 듯 생각에 잠겨 있을 때 세나의 목소리가 들려왔다. 김석은 그 목소리가 부드럽고 따뜻하게 자기를 긴

잠에서 깨우는 것 같았다.

"이상하네요. 제가 이 모든 숫자들을 외우고 살았다는 게……."

"잠깐이라도 내려놓아봐. 네가 어떤 삶을 살았는지, 그리고 앞으로 어떻게 살고 싶은지도 더 명확해질 거야."

세나는 빙수 컵 옆에 놓여 있던 티슈에 펜으로 뭔가를 쓱쓱 적어 내려갔다.

"내가 도와줄게. 네가 눈뜰 수 있도록."

세나가 밀어놓은 티슈에는 계좌 번호로 보이는 숫자가 쓰여 있었다. 김석의 삶에는 아직 지갑에 있던 13만 원보다 많은 동그라미들이 남아 있었다. 세나는 김석을 대신해 그것을 떠맡아주려고 했다. 막중한 책임 앞에 선 세나의 얼굴에서 굳은 의지가 느껴지다 못해 슬픈 기운마저 감돌았다. 김석은 핸드폰을 켜고 하나뿐인 주거래 은행의 앱을 열었다. 그의 최신형 스마트폰은 지문을 인식하는 기능이 있어서 어렵고 복잡한 인증서의 비밀번호를 외우고 다니지 않아도 되었다.

내 삶에 존재하던 동그라미들이 모두 사라진다면 나는 어떻게 변할까?

김석은 계좌 이체 버튼에 손가락을 올려두고 잠시 망설였다. 화면에 뜬 숫자들을 들여다볼수록 그저 이미지일 뿐이라는 생각이 들었다. 이 이미지를 기억하고 외우며 그 한계에만 맞춰 움직여왔다. 아니, 어쩌면 움직인 게 아니라 휘둘리고 있었던 것이리라.

지문이 등록되어 있습니다. 이 방법으로 인증하시겠습니까?

찰나의 순간 많은 것들이 변하게 될 것이었다. 새로운 모험이 시작된다는 생각에 김석은 가슴이 마구 떨리기 시작했다. 이런 모험의 계기를 만들어준 세나에게 고마운 마음이 들었다. 또한 세나가 앞으로 변화된 삶을 어떻게 살아갈지 곁에서 영원히 지켜보고 싶었다. 그는 이미지일 뿐인 숫자들을 보며 버튼 위에 엄지손가락을 올렸다.

한세나 님의 계좌로 17,919,015원 이체가 완료되었습니다.

김석이 가지고 있던 1,791만 9,015원이라는 숫자가 바로 맞은편에 앉아 있는 세나에게로 아무 기척도 없이 옮겨졌다. 김석은 순간적으로 울음이 터질 것 같아서 가슴을 쓸어내리며 크게 숨을 내쉬었다. 마치 갓 세상에 태어난 아이처럼 울음을 참기가 어려웠다. 그는 천천히 자리에서 일어나 세나를 향해 손을 내밀었다. 세나는 김석의 손을 맞잡는 듯싶더니 갑자기 그를 끌어당겨 와락 품에 안았다.

이제 김석은 약속과 착각으로 가득한 이 세상에서 다시 태어난 아이처럼 모든 것에 질문을 던지고 답을 찾아갈 준비가 되어 있었다. 답은 하나가 아니고, 줄곧 움직일 터였다. 김석은 모든 것이 새로워진 이 순간을, 이 감각을 영원히 기억하기로 마음먹었다.

"누나, 저는 최선을 다해 제 삶을 살아갈 거예요."

세나는 김석이 그날 본 어떤 것들보다 빛나게 미소 짓고 있었다.

센세이숀-휑숀

불빛이 드문 어두운 골목 어귀. 노란 조명 빛이 새어 나오는 유리문 안으로 바닥 공사가 마무리되지 않아 시멘트 가루가 풀풀 날리는 옷 가게가 보였다. 가게 안에서는 노란색 니트 가운을 멋스럽게 걸친 앳된 얼굴의 다은이 공사가 채 끝나기도 전 성급히 걸어둔 구제 옷들 위에 쌓인 먼지를 털어내고 있었다. 먼지는 공기 중을 잠깐 떠돌다 다시 옷 위에 사뿐 내려앉았다. 다은은 옷을 전부 다 끄집어내야 할지, 나중에 한꺼번에 먼지를 털어야 할지 고민하며 서 있었다. 그때 가게 문이 열리는 소리가 들렸고, 흠칫 놀란 다은이 문 쪽을 돌아봤다. 열린 문 너머에서 두 남자가 초에 불을 붙인 케이크를 들고 생일 축하 노래를 부르며 가게 안으로 들어왔다. 다은과 함께 가게 오픈을 준비하고 있는 진유와 나환이었다. 그들은 구제 옷 가게를 준비하는 사람들답게 알록달록한 빈티지 잠바를 나란히 맞춰 입고 있었다. 다은은 어설픈 생일 축하 노래를 들으며 타조 깃털로 만든 먼지떨이를 탁자 위에 내려놓았다.

진유, 나환 사랑하는 다은이의 생일 축하합니다.

다은이 후후 입김을 불어 케이크 위의 촛불을 껐다. 유난히 작은 케이크 위에 촛농과 함께 시멘트 가루가 내려앉았다.

다은 진유는 '사랑했던'이라고 해야지, 왜 '사랑하는' 이라고 해.

진유가 큰 소리로 웃음을 터뜨렸다.

나환 그래요, 형. 거기만 다시 불러봐요.
진유 아이고, 알았다. 사랑했던 다은이의…….
진유, 나환 생일 축하합니다.

다은은 나환이 두 손으로 받쳐 든 케이크에 그대로 입을 가져다 대고 한입 크게 베어 물었다. 금방 입 주변에 하얀 크림이 잔뜩 묻었다. 나환은 다은의 입가에 묻은 크림을 손가락으로 찍어 자기 입으로 가져갔다. 진유는 그런 둘을 보고 찌푸리듯 웃으며 바지 뒷주머니에서 플라스틱 포크를 꺼냈다. 그러곤 케이크를 푹 찍어 입에 넣었다.

진유　　여기서 나만 문명인이네.

세 사람이 즐겁게 케이크를 퍼먹고 있는데, 유리문이 또 한 번 소리를 내며 열렸다. 오픈도 하지 않은 가게, 찾아올 사람도 없는 늦은 시간이기에 셋은 경계심을 세우고 문 쪽으로 몸을 돌렸다. 칙칙한 바람막이 잠바에 캡 모자를 깊게 눌러써 얼굴이 잘 보이지 않는 남자가 말도 없이 가게 안으로 성큼 들어왔다. 세 사람은 동작을 멈추고 의문의 남자를 경계하는 눈으로 쳐다보았다. 그나마 몸과 행동이 다부진 나환이 앞으로 나서며 캡 모자에게 말을 걸었다.

나환　　어떻게 오셨어요? 저희 아직 공사 중인데요.

캡 모자　　아, 죄송합니다.

캡 모자를 쓴 남자는 캔 맥주 몇 개와 안줏거리가 든 봉지를 탁자 위에 아무렇게나 올려놓았다. 그 바람에 다은이 놓아 둔 먼지떨이가 봉지 밑에 엉망으로 깔렸다. 다은은 한껏 얼굴을 찌푸렸지만 뭐라 말은 꺼내지 못했다.

진유 누구신데 이렇게 술을 다 사 오시고…….

캡 모자 아, 죄송합니다. 제가 한 말씀만 드려도 될까요?

진유와 나환이 한 발짝씩 나서는 것을 보고 다은도 용기를 냈다. 세 사람이 다가가 남자를 포위하듯 에워쌌다.

다은 그런데 누구세요?

캡 모자 제가 이 옆에 살아요. 이 동네 산 지 20년도 넘었어요.

진유 네, 그러신데요?

캡 모자 실례지만 몇 살이세요? 어려 보이는데.

진유 전 스물여섯입니다. 이 친구들은 저보다 좀 더 어립니다.

캡 모자 하, 스물여섯. 어리네, 어려. 제가요, 말 놓을게요. 내가 올해 서른다섯이야.

캡 모자가 모자를 벗자 빡빡 민 머리가 드러났다. 모자를 벗으니 남자는 한층 더 나이가 들어 보였다. 낯선 존재의 등장에 긴장이 되었는지 진유가 주머니를 뒤져 담배를 꺼내 물었다. 그러곤 여닫을 때 쨍하고 소리가 울리는 금색 지포라이터로 담뱃불을 붙였다. 다은은 그 모습을 보고 일부러 크게 면박을 주었다.

다은 야, 옷에 담배 냄새 배! 왜 여기서 담배를 피워!

캡 모자 저기 화 내지 말고 내가 한마디만 하고 갈게.

다은 네? 저는 듣고 싶지 않은데요?

캡 모자 여기 이렇게 어린애들이 와서 장사하는 데 아닌 거 알잖아.

나환 무슨 말씀이세요?

진유 저희 어린애들 아닙니다.

캡 모자 너 이름이 뭐라고?

진유는 신경질적으로 담배를 바닥에 비벼 끈 뒤 공손한 말투로 대답했다.

진유 제가 이름은 말씀드린 적 없는데요. 형님은 이름이 어떻게 되십니까?

캡 모자 너 담배 끊어라.

진유 예?

캡 모자 너 담배 끊어. 그리고 내가 한마디만 할게. 여기서 지금 뭐 하고 계세요?

다은 제 생일 파티 하는데요.

진유 형님, 잠깐 여기 앉으세요. 갑자기 오셔서 당황스럽긴 한데, 하실 말씀 있으시면 앉아서 하고 가십시오.

캡 모자 나는 허리가 아파서 일부러 서 있는 거야.

진유 그러지 말고 좀 앉아보세요.

캡 모자 아니야, 난 허리 때문에 앉는 게 더 안 좋아. 오늘 누구 생일이라고?

다은 전데요.

캡 모자 생일에 미안합니다. 근데 여기 학생들 같은데, 여기서 장사하는 거 뭘 알고 이러는 거야?

나환 네, 저희 여기 학교 학생들 맞고요. 같은 학생들 대상으로 소소하게 옷 장사하려는 건데 문제 있나요?

다은 아저씨, 왜 그러세요. 이제 그만 나가주세요.

캡 모자 아니, 지금 컨택이 들어오고 있어.

다은 컨택이요?

캡 모자 (입 모양으로 작게) 깡패, 깡패.

다은 지금 무슨 말씀하시는 거예요? 깡패요? 아저씨, 무슨 말이에요?

캡 모자 너희 여기 알 박기 하러 들어온 거지?

다은 알 박기? 알 박기가 뭐야?

캡 모자 여기 뭐 하러 들어왔어?

진유 형님, 저희는 그런 거 모르고요. 여기 재개발 지역인 건 아는데, 저희는 단기 계약으로 좋아하는 옷 좀 팔다가 정리하고 나갈 겁니다. 걱정하지 마시고 이제 돌아가주세요.

캡 모자 단기 계약? 누구랑 맘대로 단기 계약을 하셨습니까?

다은 아, 뭐래. 야, 담배 좀 줘봐.

캡 모자 아가씨, 안에서 담배 피우면 옷에 냄새 배는데?

다은은 진유에게서 담배와 지포라이터를 빼앗아 들고 캡 모자를 지나쳐 성큼성큼 가게 밖으로 나갔다. 그러곤 문을 힘껏 밀어 닫고 가게 옆 어두운 주차장 구석에서 담배에 불을 붙였다. 다은은 깊은 한숨과 함께 담배 연기를 내뱉으며 여기저기에 빨건 스프레이로 '공가'라고 쓰여 있는 주변 건물들을 둘러보았다. 재개발 시기를 안내하는 현수막이 넝마처럼 늘어진 채 골목 입구마다 나부꼈지만, 아직 이사를 나가지 않은 집들은 조용히 불을 켜고 쥐 죽은 듯 생활을 이어나갔다. 이제껏 만나본 적은 없지만 용역 깡패들이 현관이나 창문을 부수고 다닌다는 소문도 들려왔다. 그런 흉흉한 골목에 다은은 옷 가게 오픈을 앞두고 있었다.

사정은 이러했다. 이 골목 끝에 구제 옷을 좋아하는 다은과 진유, 나환이 자주 가던 옷 가게가 있었다. 어느 날 그곳 주인 할머니가 자주 옷을 사러 오던 세 사람에게 가게 옷들을 도매가로 넘겨줄 테니 팔아달라고 부탁을 했다. 노쇠한 탓에 매일 가게를 열기도 어렵고, 재개발이 코앞에 닥쳤지만 재고 정리를 할 여력도 없다는 할머니의 딱한 사정을 듣고 세 사람은 동정심과 모험심이 함께 발동했다. 골목 안쪽에 있어서 손님이 찾아오기 어렵던 할머니의 옷 가게는 바로 정리하고, 상가 번영회의 도움을 받아 일찍 이사를 나간 골목 입구의 1층 상가에서 재개발이 시작될 때까지 구제 옷 가게를 운영해보기로 했다.

우선 할머니의 가게를 정리하며 여태 풀지도 않은 커다란 옷 봉투 수십 개를 킬로그램당 8000원에 사들였다. 봉투를 풀어보니 브랜드 옷도 많아서 잘만 하면 산값의 몇십 배는 불려 받을 수 있을 것 같았다. 예정된 재개발도 당장 다음 달에 시작될지, 해를 넘길지 소문만 무성할 뿐 아무도 정확한 시기를 예측하지 못했다. 세 사람은 보증금 50만 원에 월세 20만 원을 내는 데 합의했다. 재개발이 시작되면 바로 장사를 접고 나간다는 특약을 써넣은 간이 계약서도 썼다.

학교 후문에서 가까운 이 골목을 오가는 학생들이 적어도 하루에 천 명은 되니 금세 본전을 치고도 쏠쏠하게 남는 장사일 것 같았다. 다은이 그간 카페 아르바이트를 하며 모아둔 100만 원 가운데 절반을 보증금에 쓰고, 나머지 돈으로 할머니의 옷을 사입했다. 돈을 보탤 능력이 없던 진유와 나환은 가게 내부 공사를 직접 하며 몸으로 때우기로 약속했다. 할머니가 물려주신 커다란 이동식 옷걸이부터 가게 안에 들여놓고 옷을 하나씩 걸어둔 뒤 셋은 어떻게 하면 여기가 옷 가게라는 것을 자연스럽게 어필할 수 있을지 뒤늦게 고민을 시작했다. '센세이숀-휏숀'이라는 상호만 정해놓고 옷만 잔뜩 걸어두었을 뿐 아직 아무것도 해놓지 않은 상태였다. 휴학 중인 다은과 달리 전과를 준비하며 포트폴리오를 만들고 있던 동갑내기 연인 나환과 둘의 2년 선배인 진유는 입버릇처럼 바쁘다는 말만 늘어놓았다. 어느새 처음의 의기투합은 흐지부지되고 공사는 지지부진했다. 다은이 종일 혼자

가게를 지키기도 했다.

뭔가 크게 잘못되고 있는 건 아닐까.

다은은 담배 연기와 함께 깊은 한숨을 내뱉었다. 내내 억누르고 있던 걱정이 스멀스멀 올라왔다.

가게 안에서는 진유와 나환이 캡 모자를 구슬려 밖으로 내보내려고 조용히 씨름하고 있었다. 잠시 뒤 유리문을 여는 소리가 들리더니 캡 모자가 골목으로 나와 길 양편을 두리번거렸다. 다은은 남자의 눈에 띄지 않으려고 어두운 안쪽으로 뒷걸음치다가 입에 물고 있던 담배의 빨간 불빛 때문에 들켜버렸다. 캡 모자는 기분 나쁜 미소를 띤 채 다은이 서 있는 주차장 안쪽으로 걸어왔다. 다은은 소리를 질러 진유와 나환에게 도움을 청할까 생각하다가, 아직 아무 일도 일어나지 않았고 가게도 코앞이니 두고 보기로 했다. 다만 혹시 모를 상황에 대비해 가게 쪽으로 좀 더 걸어 나왔다. 첫 번째 방어진인 셈이었다. 캡 모자는 다은 옆에서 담배를 입에 물고 바지 주머니를 뒤져 네모난 성냥갑을 꺼내더니 불을 붙였다.

캡 모자　　성냥으로 불을 붙이면 담배에서 불 맛이 나서 좋아.

다은 그래요? 그럼 저도 하나 줘보세요.

다은은 되도록 아무렇지 않은 척 당차게 대꾸하려고 애를 썼다. 캡 모자가 성냥갑을 건네주자 다은이 서툴게 성냥을 그었다. 몇 번을 그어 겨우 성냥불을 붙이는 데 성공했다. 그 모습을 지켜보던 캡 모자가 아까 가게에 들고 들어왔던 비닐봉지 안에서 뭔가를 꺼내 쑥 내밀었다.

캡 모자 이거 비싼 초콜릿인데 한번 먹어볼래?

캡 모자가 내민 것은 뚜껑이 달린 플라스틱 통에 든 99퍼센트 카카오 함량의 초콜릿이었다.

다은 진짜 비싼 거네요. 저는 맨날 500원, 1000원짜리만 먹는데…….

캡 모자 나 돈 많아.

다은 그래요? 그래 보이지는 않는데요?

캡 모자 내가 강원랜드에 오륙천 꼬라박고 자기 출입 금지 신청했거든.

다은 그럼 돈 없는 거잖아요.

캡 모자 아니, 이제 거기는 안 가고. 간간이 마카오에서 많이 따지.

다은 뭐가 어떻게 돈이 많다는 건지 하나도 모르겠는데요.

캡 모자 오빠랑 같이 놀래?

다은 아니요. 저는 제 친구들이랑 놀고 싶은데요.

캡 모자 그래? 재네가 네 친구들이야?

다은 네.

캡 모자 저 중에 누구랑 잤니?

다은 알 게 뭐예요.

캡 모자 진짜 한 번만 알려줘라.

다은 참 나, 별걸 다 알려달래.

캡 모자 한 번만 알려줘. 그것만 알려주면 내가 조용히 집에 간다.

다은 저기 스물여섯 살인 애랑 사귀다가 헤어지고, 저 몸 좋은 애랑 사귀는 중이에요.

다은의 대답을 듣고 캡 모자가 주머니에 손을 집어넣으며 피식 웃었다.

캡 모자 더럽네?

다은 뭐가 더러워요? 사귀다 헤어지고 다른 애랑 사귀는 게.

캡 모자 쟤랑 쟤랑 친구지?

다은 그게 왜요?

캡 모자는 점퍼 주머니에서 핸드폰을 꺼내 다은에게 내밀었다.

캡 모자 그러지 말고 번호 좀 줘봐.

다은 내가 왜요? 진짜 어이가 없네.

캡 모자 친구들이랑 다 자는 거 같은데, 나랑도 친구 하면 되겠네.

다은은 몸이 벌벌 떨렸다. 그 떨림이 분노 때문인지, 공포 때문인지 파악하지 못한 채 어렵게 발을 떼어 남자를 획 지나쳤다. 그러곤 가게 문고리를 거칠게 잡아당겼다. 안에서 진유와 나환이 머리를 맞대고 게임 영상을 보고 있다가 문소리에 놀라 다은을 쳐다보았다.

다은 야, 내가 더럽냐!

나환이 자리에서 벌떡 일어나 다은에게 달려갔다.

나환 다은아, 왜 그래. 괜찮아?

나환이 어깨에 손을 올리자 다은은 몸을 크게 털어 그 손을 떼어냈다.

다은 너 대답해봐. 내가 더럽냐고!

진유가 고개를 갸우뚱거리며 자리에서 느릿느릿 일어났다.

진유 나는…… 너희 둘이 사귄다고 했을 때 처음엔 충격을 받긴 했지. 하지만 결과적으로는 잘됐다고 생각했어.
나환 형, 충격이었어요? 저는 형이 정말 기뻐했던 걸로 기억하는데.

다은이 나환의 얼굴을 똑바로 마주 보고 섰다.

다은 너 대답해봐. 내가 진유랑 사귀고 나서 너랑 사귀는 게 더러워?

나환 나는 그렇게 생각한 적 한 번도 없어. 다만 네가 애인이 없으면 안 되는 사람인가 보다 했지.

다은 애인? 애인이 없으면 못 사는 사람이라고? 그래서 지금 나랑 사귀는 거니?

나환 아니, 당연히 그건 아니지. 우리는 서로 정말 좋아하니까.

다은은 시멘트 가루가 펄펄 날리는 가게 안을 둘러보았다. 아까 털어낸 먼지가 고스란히 옷 위에 내려앉아 옷깃과 어깨 부근이 전부 회색빛이었다. 자르다 만 시트지는 탁자 아래에 널브러져 있었고, 주변 공실에서 주워온 플라스틱 의자들은 짝이 맞지 않았다.

다은 가만히 내버려두고나 말해.

나환 응? 뭐라고?

다은 나 좀 가만히 내버려두고나 말하라고!

진유 다은아, 우리가 언제 너를 괴롭혔니?

다은 여기 보증금 누가 냈어, 이 옷들 누구 돈으로 사입했어!

진유가 머쓱해하며 다리 길이가 맞지 않아 흔들거리는 플라스틱 의자에 앉았다. 그러곤 담배를 피우려는 듯 주머니를 뒤졌다.

다은 그놈의 담뱃값도 맨날 나한테 달라고 했지! 내가 너랑 사귈 때 아침마다 책장에 만 원씩 놓고 갔던 거 기억 안 나?

나환 형, 다은이한테 용돈 받았어요?

다은이 황당하다는 듯 말하는 나환을 노려봤다.

다은 넌 전과 준비하면서 왜 나한테 포트폴리오 만들어달라고 했어?

나환 그건 네가 나보다 그림도 잘 그리고 아는 것도 많으니까. 우리가 연인이기 이전에 친구일 때부터 네가 도와주기로 했던 거고.

다은 돈 대줘, 학습 지도해줘, 애인도 해줘! 너희 둘 다 날 좀 가만히 내버려둬! 나도 내 인생 한번 차분하게 살아보게, 어?

진유 다은아, 흥분하지 말고 들어봐. 넌 어차피 주변에 여자 친구가 하나도 없잖아.

다은 너희가 내 시간을 다 뺏으니까 친구 만날 시간도 없잖아!

진유 아니지. 그만큼 네가 옆에 남자가 있기를 원하는 거고, 넌 매력 있는 여자니까 남자들도 자연스럽게 너를 원하는 거고.

다은 누가 맨날 남자, 여자로 있고 싶대? 누가 맨날 그렇게 원해달래? 그냥 영화만 같이 보러 가도 팝콘 먹는 손가락을 붙잡고 물고 빨면서 집에 가지 마라, 더 있다 가라, 자고 가라……. 씨발, 나 좀 내버려두라고!

다은이 갑자기 몸을 돌려 가게를 빠져나갔다. 다은은 어두컴컴한 골목 한복판에 서서 주변을 두리번거렸다. 가게 옆 어두운 구석에 쪼그리고 앉아서 캔 맥주를 들이켜고 있던 캡 모자가 다은을 보며 씩 웃었다.

다은 아저씨, 그 컨택 들어왔다는 깡패 새끼들 어딨어? 언제 와? 여기 언제 부순대? 빨리 와서 다 부수라고 해!

부숴버리라고! 누가 좋아서 가게 차린 줄 알아? 알 박기? 알 박기가 뭔데?

캡 모자가 어둠 속에서 엉거주춤하게 몸을 일으키자 다은이 흠칫 놀라며 가게 안에다 대고 크게 소리쳤다.

다은 야! 이 대머리 새끼가 나한테 자자고 하잖아! 너희 지금 뭐 하는 거야!

진유와 나환이 누가 먼저랄 것도 없이 달려 나왔다. 남자 둘이 우당탕 달려들자 겁을 집어먹은 듯 캡 모자가 마시던 맥주를 내팽개치고 골목 안쪽으로 달리기 시작했다. 캡 모자가 내빼자 사냥 본능이 발동했는지 진유와 나환은 전속력으로 그를 뒤쫓았다.

진유 거기 서, 이 개새끼야!

나환 형, 같이 가요!

세 남자가 어둡고 조용한 골목 안으로 사라졌다. 다은은 멍하니 그 모습을 지켜보았다. 그때 캡 모자가 떨구고 간 비닐

다은 불 맛이 뭐가 성냥이야, 지포라이터지.

텅 빈 골목 안이 금세 화학섬유 타는 냄새와 연기로 무럭무럭 채워졌다. 골목 끝에서 다급히 달려오는 발소리를 들으며 다은은 불길을 마주하고 서 있었다.

증여론

아무래도 이 밤을 무사히 보내기란 불가능한 일인 것 같았다. 그녀의 자매는 아기처럼 잠투정을 하며 밤새도록 서럽게 울어댔고, 눈가에 주름이 자글자글한 어머니가 자매를 달래며 함께 밤을 새웠다. 오랜만에 집에 다니러 온 그녀는 전엔 꽤 익숙하던 이 새벽녘 소란이 오늘만은 일어나지 않기를 바랐다.

차가 있다면, 당장 어디로든 갈 수 있을 텐데.

이럴 땐 면허도 차도 없는 자신이 한심하게 느껴졌다. 대학 동기들이 하나둘 차를 몰기 시작한 뒤 '운전을 해야 비로소 자유라는 말의 의미를 알게 된다'고 했던 게 떠올랐다.

나는 왜 여전히 자유도 없이 살고 있을까.

그녀는 첫차가 다닐 시간을 세고 또 셌다. 그 시간까지 아무래도 잠이 올 것 같지 않아 샤워라도 하기로 했다. 끅끅거리는 울음소리와 가만가만 달래는 소리와 희뿌연 형광등 빛이 새어 나오는 자매의 방을 지나쳐 조심조심 화장실로 들어갔다. 샤워기에서는 1층이라는 층수가 무색할 만큼 샘물처럼 물이 흘렀다. 화장실 바닥에는 물때가 잔뜩 낀 샴푸, 린스 통 대여섯 개가 굴러다녔다. 지금 그녀가 살고 있는 대학 기숙사 욕실처럼 가족들은 샴푸를 저마다 따로따로 썼다. 물이 졸졸 흐르는 샤워기 아래 서서 굴러다니는 샴푸 통을 내려다보고 있자니 등에 오스스 닭살이 돋았다.

"아이고, 아직도 아기 몸이야. 어떻게 된 게……."

그녀가 수건을 두르고 화장실에서 나오는데 자매의 방 문이 활짝 열려 있었다. 안쪽에서 어머니와 자매가 함께 방바닥에 길게 누워 그녀를 올려다보고 있었다. 그녀는 갑자기 맨몸을 보인 게 부끄러워 재빨리 방으로 뛰어 들어갔다. 어떤 타인 앞에서 옷을 벗어도 이보다 부끄럽지는 않을 것 같았다. 싱글 침대가 겨우 들어가던 방은 그녀가 대학에 간 뒤 창고로 변해 이불조차 변변히 깔기가 어려웠다. 그녀는 아무릏게나 깔아놓은 이불을 밟고 서서 수건으로 대충 몸을 닦고 옷을 걸쳤다. 그러고는 로션을 바르기 위해 어머니의 방에 들어갔다. 안방 바닥은 너무 차가워서 발가락이 잔뜩 움츠러들었다.

왜 여기만 보일러를 안 튼 거야.

그녀의 어머니는 안방에서 자면 머리가 아프다고 했다. 안방 창 너머에 있는 전신주가 종일 강한 전자파를 내뿜는다는 게 그 이유였다. 안방은 창고로 쓰이는 그녀의 방보다 훨씬 더 어질러져 있었다. 그녀는 희미한 바람이 새어 나오는 드라이어로 머리를 말리며 눈으로는 화장대 위에 쓸 만한 로션이 있나 찾아보았다. 아무리 찾아도 로션은 없었다.

샴푸는 종류별로 있으면서 로션은 한 개도 없는 집이라니, 정말 이상해.

대학의 글쓰기 수업에서 '이상하다'는 말로 묘사를 뭉뚱그리지 말라던 강사의 말이 떠올랐다. 이상하다는 말이 아니라면 이 집을 어떻게 표현할 수 있을까. 윙윙거리는 드라이어 소리를 들으며 그녀는 몇 가지 표현을 머릿속으로 굴려보았다.

폭탄 맞은 집.

막 이사 온 것 같은 집.

'김경형 이야기책'을 기다리며

이 책을 쓰면서 엄마를 자주 떠올렸습니다. 제 엄마 김경형은 얇은 가죽 커버의 A4 사이즈 공책에 항상 무언가를 적고 있는 사람이었습니다. 어릴 적 엄마의 공책을 몰래 훔쳐봐도 제가 읽지 못하는 한자투성이였기 때문에 내용은 전혀 알 수 없었습니다. 젊은 엄마는 무슨 이야기들을 그렇게 적고 있었던 걸까. 책을 쓰다 참을 수 없이 궁금해져 엄마에게 전화를 걸었습니다.

책꽂이 한쪽에 줄지어 있던 그 공책들이 지금 어디 있는지 묻자 엄마는 넌더리를 치며 '그런 걸 왜 가지고 있겠어, 진즉에 다 버렸지'라고 대답했습니다. 수십 권의 '김경형 이야기책'이 전부 사라졌다는 사실에 황망해하니 다 힘들고 우울하단 얘기뿐이었다며 오히려 제가 왜 그 공책들을 보고 싶어 하는지 이상하게 여겼습니다. 엄마 말대로라면 제가 쓰고 있는 '이랑 이야기책'도 힘들고 우울한 얘기뿐인데 어째서 나는 이 책을 끝까지 쓰고 있는 걸까 생각했습니다.

저는 이랑이라는 한 사람의 인생을 살고 있을 뿐이지만 종종 제 인생의 어느 부분을 기록하고 남기는 일을 하고 그것을 여러 사람들에게 보이기도 합니다. 일을 하면서 제가 하는 말과 행동에 의미가 있다고 확신해본 적이 없습니다. 무대를 보러 와주시는, 작품을 사주시는 분들이 있을 때마다 '왜 그럴까?' 의심하고 혹 그분들의 마음에 거슬리는 행동을 할까 봐 전전긍긍합니다. 제 노래와 이야기를 좋아하고 응원한다고 말씀해주시는 분들이 제 부족함과 미숙함에 실망하고 돌아서는 모습을 자주 상상합니다. 저는 왜 이렇게 겁에 질려서 일을 할까요.

최근 제가 영화음악을 맡은 한 여성감독의 사적 다큐멘터리가 서울국제여성영화제에서 상영되었습니다. 영화의 주인공이기도 한 감독은 자신의 생활 모습을 가감 없이 담아냈고, 관객은 영화를 통해 한 사람의 모순도 부족함도 혼란도 모두 볼 수 있었습니다. 저는 음악 작업을 위해 영화를 반복해 보면서도 감독의 어떤 모습들은 정말 이해할 수 없었기에 몇 차례 전화를 걸어 당신의 삶의 태도에 대해 물었습니다. 감독은 자신의 삶을 살아가는 동시에 기록하고 영화로 만들어가는 혼란한 과정 속에서도 매 순간 '지금 제 생각은요' 하고 또렷하게 말을 이어나갔습니다.

마침내 영화제 첫 상영을 마치고 관객들 앞에 나와 선 감독은 '한 여성의 자전적 기록은 의미가 있습니다. 저는 그것을 계속 해나갈 것입니다'라고 힘주어 말했습니다. 겁에 질려 있지 않은 그 모습이 머릿속에서 한참 동안 지워지지 않았습니다.

겁에 질리지 않고 일하고 싶습니다. 엄마는 제게 '나서지 말고 가만히 있으라'는 말을 자주 했습니다. 그 말은 엄마 김경형이 얼마나 겁에 질려 살아왔는지, 그리고 그 말을 듣고 자란 딸 이랑도 얼마나 겁에 질려 살고 있는지 말해주는 것 같아 그 말을 떠올릴 때마다 안타깝고 슬펐습니다. 더 많은 사람들이 겁에 질리지 않고 말할 수 있었다면 엄마에게는 수십 권의 '김경형 이야기책'이 남아 있었을 것이고 제 첫 번째 '이랑 이야기책'의 완성을 매우 칭찬해주었을 겁니다. 하지만 지금의 현실에서 제가 엄마에게 또 하나의 걱정을, 두려움을 안겨주는 것 같아 이 책의 완성이 조금 슬프기도 합니다.

그럼에도 불구하고 책을 발표합니다. 몇 년 전부터 마포구의 여러 카페에서 케이크와 마카롱과 라테를 사주시며 픽션을 써보라고 격려해주셨던 편집자 이지은 님께서 이 책을 만드는 데 가장 큰 힘이 되어주셨습니다. 아직 뵌 적은 없지만 교정지와 함께 긴 서신을 주고받다 보니 어느새 동지처럼 느껴지는 교정/편집자 최고라 님께도 깊은 존경과 감사를 전합니다. 오늘 밤도 귀엽고 신비로운 그림을 그리고 계실 이빈소연 작가님. 언제나 먼발치에서 바라만 봤던 변영주 감독님. 두 분과 이 책을 핑계로 연결될 수 있어 정말 기뻤습니다. 여러분들께서 각자의 삶을 꿋꿋이 살아내고 계신 덕분에 저도 오늘의 무기력을 이겨내고 글을 쓸 수 있었습니다. 이 책을 만드는 동안 서로 다른 사람들이 각자의 삶을 이해할 수는 없어도 존중할 수 있다는 것을 배웠습니다. 저와 제 글을 존중해주셔서 감사합니다.

더 많은 사람들이 겁에 질리지 않고 자기 기록을 남길 수 있었으면 좋겠습니다. 그리고 무엇보다 '김경형 이야기책'의 집필이 다시 시작되기를 간절히 바랍니다.

2019년 9월
이랑